NATURKUNDEN

探索未知的世界

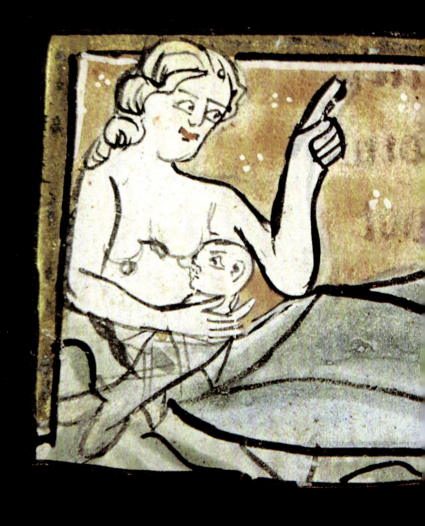

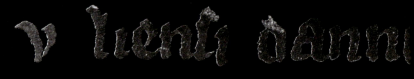
v lieñtr danni

and minne

海妖之歌

［法］东代　著

尹明明　王鸣凤　译

北京出版集团
北京出版社

海妖塞壬共分为三种：其中两种是半人半鱼的形象，而另一种则是半人半鸟。她们齐声歌唱，有的吹号，有的弹竖琴，有的则展现歌喉。她们的旋律是那样悦耳动听，没有人能够抵御这魅惑的歌声，纷纷向其靠近。海妖在俘获船员之后便开始催眠，如果发现他们已经睡去，便会将其杀害。

理查德·德·富尼瓦尔（Richard de Fournival）
《爱的动物画像集》，1250 年

目　录

你们首先会遇到海妖，她们迷惑所有接近的人。谁要是不加防范地去聆听她们的歌声，便永远失去了返航回家，与妻子儿女同乐的机会。因为海妖清脆的嗓音会使人入迷，她们在草地上栖息，周围堆满了森森白骨与腐坏的躯壳。

——荷马

第一章
海妖动人的歌声

我们最早可以在古希腊诗人荷马的《奥德赛》中发现这些海中生灵的踪影。尽管没有人知道为什么荷马在歌颂奥德修斯的神话英雄史诗中提及她们，但毫无疑问，人们相信海妖早在史前就已存在。

女巫喀耳刻 [1] 警告奥德修斯道："海妖之岛是必经之路，但所有听到她们歌声的人都会迷失。记着要用蜂蜡堵住水手们的耳朵，如果有人想听海妖歌唱，一定要让同伴将他紧紧捆绑在桅杆之上。"

当奥德修斯的船只接近海妖之岛时，他谨遵了女巫的警示。船只靠近了岛屿，清澈的歌声传来："来吧，尊贵的奥德修斯，阿开亚人的荣耀！停住你的船只，听听我们的歌唱。驾着乌黑帆船驶过这片海域的人，谁不想听听我们唱出的温柔歌曲？听完歌曲，你们继续向前，心情更加愉悦，见闻更加广阔。因为我们知道特洛伊土地上的一切苦厄，那些神明加诸阿尔维吉人和特洛伊人身上的苦难。对发生在这片富饶土地上的事情，我们无所不知。"

奥德修斯折服于这歌声。他眉头紧皱，向他的同伴们示意松开他的束缚。裴里墨得斯和欧鲁洛科斯立刻站起身子，依照女巫所说，将他绑得更紧。其他水手身体前倾，奋力驾船，远离这塞壬的歌声。

女巫喀耳刻是太阳神与珀耳塞伊斯的女儿，她栖息在那不勒斯海湾之中。她施法让奥德修斯的船员们变成猪，但她也保护着一位她深爱的水手不受海妖所害。

荷马的弦外之音

荷马的这部作品首次具体展现了海妖的文学形象。以上选段出自英雄史诗《奥德赛》，记述了特洛伊战争之后奥德修斯从海上返航的故事，其另一部作品《伊利亚特》则详细描述了特洛伊战争。《奥德赛》写于近三千年前，据推测作者为荷马。而作者从哪里得知的这些邪恶的妖怪还有待考证。

也许作者是从腓尼基人的航海故事

中听说；也许他是从东方故事中得到的灵感；或许这一切都是荷马想象的产物，没有人能够确定。同样地，人们也无从知晓"海妖"一词在当时诗人与读者心中是怎样的形象。

然而，海妖的本质是毫无疑问的：她们用歌声吸引水手，任何听到此歌声的人都难逃死亡的命运。除此之外便没有其他的细节描写了，因此，诗人给后世留下了很大的想象空间。

是否真如奥德修斯对他的同伴说的那样，海妖栖息的草坪上布满鲜花？那方草坪又是否真的存在？海妖究竟是何模样？她们是否有鱼的身体？有翅膀吗？是否长着人的头部？还是长着鸟类的爪子？那些白骨又是谁的呢？海妖会吞食遇难者吗？遇难者的死亡是因为中了巫术还是因为在极致的满足状态下忘记进食而发生的呢？

古希腊人头鸟身的形象，随着古罗马神话的发展，海妖成为有翅膀的拟人形象。

荷马的文章没有回答这些疑问。"海妖"这一概念大部分的时候都指代群体，但海妖的数量共有多少？荷马曾经三次使用"duel"一词——指互相联系的两个人或两件事物。现代的西方语言体系里"duel"一词已经消失，但它存在于古拉丁语和古希腊语之中。根据这一词汇，亚历山大的语法学家、萨莫色雷斯的阿里斯塔库斯就足以推断出荷马作品中只提到了两个海妖。然而，现代的语言学家却持不同意见——1926年哲学家麦克斯·舒尔茨伯格指出，在古希腊和印欧语言中，"duel"常常表示一个虚指的复数概念。因此两个海妖的假说是无法被充分验证的。

早在公元前6世纪，古希腊的器皿上就出现了海妖的图案，她们的身材大小与雏鸽相似。然而，在公元前3世纪之前，奥德修斯的冒险和其中的海妖形象只是偶尔出现在器皿上。此时的"海妖"其实是鸟的形象（见左下方图）。她们并不住在海里，在海浪与海妖之间隔着小岛或礁石。张开的嘴巴显示她们正在歌唱。为了使这一形象能够演奏如笛子或齐特拉琴，人们为其加上了手臂和人类的胸部（见下页右下方图）。

一个知识与智慧的诺言

海妖如何吸引路过的人们，使他们毫无招架之力？荷马的作品中对此明确表示道：她们的武器正是她们的歌声。

她们的嗓音及创造出的词语和旋律是她们最强大的力量。荷马运用了大量的听觉描写，并以此向我们展示了一个用来

听，而不是用来看的故事。故事中奥德修斯正静静聆听着。

但是海妖的魔力来自歌曲的内容还是歌声的音色？这仍旧是一个疑问。奥德修斯并不是一听到她们甜美的歌声就马上被吸引。事实上，他是在听到海妖们唱着"我们知道特洛伊土地上的一切"这句话时，才开始招呼他的伙伴的。

罗马的演说家西塞罗深信，海妖们通过这句话展示了自己知识的丰富性。

他并不是第一个如此解读的人，他的论述引用了阿什凯隆的怀疑派哲学家安条克的观点，并将这一观点用拉丁语写入了他的哲学著作《论至善与至恶》当中。

西塞罗认为，荷马深知奥德修斯这样的人物不可

19世纪的油画中的海妖与古时的形象不同，她们没有翅膀，而是鱼尾人身的女性形象，这符合当今人们的想象。

能被简单的歌声所征服。这一假说忽略了海妖诱
人的特征，却向"渴望求知"这一希腊传统致敬。
海妖的传说投射出了一种对真理的渴求态度，怀
疑论者基于此点将奥德修斯树立为一个典型的智
者形象。

音乐宇宙

关于海妖优美的歌声能迷惑人的原因还有另
外一种说法，这种论述也是基于荷马的作品。她
们的歌声甜美如蜜糖，歌词也和谐悦耳。这一典
型的希腊特色为文学、诗歌乃至音乐都注入了非
凡的魅力。

一张公元前 7 世纪的莎草纸碎片被保留至今，
上面写着阿尔克曼的一首合唱歌歌词，这证明了
在很早以前人们便开始注重这一方面。这位斯巴
达诗人带着嘲讽的语气写道：歌喉再完美的少女
也无法与海妖塞壬比肩，因为后者具有神性。

毕达哥拉斯与他的学生们则思考得更为深
入。他们认为音乐是一种让灵魂解脱于肉体的绝
佳途径，其中最理想的乐器是里拉琴。七根琴弦
完美象征着围绕地球公转的七个天体，并创造出
了一个海妖栖居的和谐音乐宇宙。

柏拉图认为歌唱的不是天体，而是海妖本身。
他构建出八个宇宙圈，每个宇宙圈都有各自的音
调并共同构成了音乐宇宙。新柏拉图主义者普洛
克洛发扬了这一理论，他认为塞壬是这些宇宙圈
的灵魂和旋转的引擎。

这种宏大的视角并没能改变这些生灵的深层
本质。她们继续吸引人们走向死亡。她们的音乐

海妖吸引水手的是她们
的博学，而不是她们美妙的
歌声。

——西塞罗《论至善与至恶》

能使自由的灵魂超脱出肉体这一短暂的樊笼，进而将灵魂带到音乐宇宙之中，永久享受纯粹的欣快。这些神圣的生灵不再是海神波塞冬的女儿，她们更像是光明和宙斯的孩子，她们是人类的朋友，帮助人类进入永恒的美妙乐园。然而，换取这一切依然要以死亡为代价。

对于毕达哥拉斯学派而言，音乐控制着昂宿星团中行星的运行秩序。人类的灵魂一旦离开肉体，便会听到宇宙间的协奏，并被这种音乐吸引而带入到广袤的太空。诗人杨布里科斯在《毕达哥拉斯生平》中写道：这种音乐宇宙就是海妖之歌。然而对另一群人来说，海妖却是风尘女子的形象。诗人赫拉克利特[2]作品中的海妖依旧靠嗓音和音乐才能迷惑人类，这些海妖并不吞食人类的肉体，而是掠夺他们的财物。受害者被灭口之后，她们就逃到远方。

失德的妇女

对于海妖还有第三种解读：文学讽刺说。此时海妖不再是那些用美丽与智慧吸引人类的神明，而是一种可笑的生物、轻浮的女性，不时卖弄自己乏善可陈的风情。这种假说并没能在荷马的史诗中找到足够的依据，然而这并不妨碍它的成功。最早的喜剧家就曾把世俗化的美人形象的鱼搬上过舞台。多里安诗人埃庇卡摩斯就很喜欢滑稽模仿一些神话故事，在他的作品中，海妖用一道道美食令奥德修斯垂涎不已。

在艾杰西普的作品中，一个厨子夸耀自己的手艺像海妖塞壬的歌声一样吸引人。行人路过他店门口就不可避免地被菜肴的香味吸引，张大嘴巴，无法动弹，直到他的同伴把他的鼻子堵上才得以脱身。

柏拉图同时代的古希腊剧作家安那克西拉斯作品中，海妖是充满色情意味的角色。在他的一部作品中，他将海妖同很多名妓相比较。他笔下的风尘女子西亚娜拥有女性的头部和声音以及一双斑鸠的脚，这使人们联想到褪了毛的海妖。

公元前 4 世纪末的古希腊作家帕莱法托斯在其《论不可思议之事》之中写道："海妖就是妓女！"她们的美好仅是表面，背后隐藏着邪恶、背叛和死亡。这种假说显然吸引了一些严格的斯

多葛学派中的禁欲主义者，他们将海妖看作是淫荡的。奥德修斯在得到警示之后悬崖勒马，控制住了欲望，因此成为斯多葛主义者中拥有节制美德的典型代表。

索伦托的三块礁石

这些危险的女性居住在何处呢？答案并非无关紧要。因为对于古人而言，《伊利亚特》和《奥德赛》几乎是最为重要的历史和地理资料。在阅读荷马史诗时，其中所提到的所有地点都是真实存在且得到证实的。在《奥德赛》中，海妖的岛屿紧靠喀耳刻所居住的土地西端。比荷马稍晚一些出现的赫西俄德甚至用"意大利"来命名这块土地。根据这一论断，地理学家斯特拉波和诗人维吉尔认为：海妖卡律布狄斯和斯库拉居住在墨西拿海峡，他们沿着第勒尼安海岸向北，探寻喀耳刻与海妖的踪迹。他们在索伦托正对面发现了三块光秃秃的礁石，这就是海妖岛。

还有一些人满足奥德修斯旅行的愿望，让他四处航海。历史学家塔西陀认为奥德修斯在莱茵河左岸；据加

在奥德修斯穿过希腊最南端的马雷角之后，他进入了一个虚幻的世界。即便如此，人们仍然勾勒出了他的航海路线。根据这种"奥德修斯地理学"，海妖之岛位于海格力斯之柱以西不远处。海格力斯之柱是大西洋和法国的入口，荷马史诗中的英雄们曾在此停留。

伊乌斯·朱利叶斯·索利努斯所说，奥德修斯在琉息太尼亚地区建立了如今的里斯本城；西罗马帝国最后一位伟大的诗人克劳狄将故事带到了诺曼底和布列塔尼地区。而天文学家、地理学家及数学家埃拉托斯特尼在当时就已经了解到了更多，他较为精确地测算出了地球的周长。他坚信奥德修斯的游记属于诗歌范畴，而不属于地理学范畴。无论如何，在古希腊神话中，那布满鲜花的草地和遍铺白骨的海岸被定位在遥远的西方，那里比落日的尽头还遥远，靠近冥界。那些海妖来自海边，而大海一直被当作地狱的象征。她们的声音来自冥界，令人难以抗拒却又夺人性命。

生死之争

　　奥德修斯不是唯一与这不祥的海中生灵相遇后的幸存者。阿尔戈船英雄们在寻找金羊毛的路上也遇到了她们。幸运的是，通过罗德岛的阿波罗尼奥斯（公元前3世纪）的英雄史诗《阿尔戈英雄纪》，我们得以知晓故事的全貌。

　　多亏俄耳甫斯的帮助，阿尔戈船英雄们最后才能成功地

海妖与缪斯同为超凡的歌者和音乐家，那么海妖是否就是反面化的缪斯呢？

战胜海妖。俄耳甫斯用齐特拉琴弹奏美妙的音乐，盖过了海妖的歌声，保留住了这支英雄队伍。海妖们难过得跳海而亡。一些希腊的作者将这种自杀行为的原因归结为她们与缪斯的音乐比赛。

在这场比赛中，海妖落败并失去了她们的翅膀，沉入大海之中。2 世纪末，保萨尼亚斯游历希腊全境，找到了不同的视角：他认为缪斯们或许拔下了海妖的羽毛，为自己编织了冠冕。

罗德岛的阿波罗尼奥斯提供了更多的细节。然而人们无法确定这些细节是建立在荷马时代之前还是源于更为近代的传说。在他的作品中，一个海妖弹奏齐特拉琴，一个吹笛子，而另一个则负责歌唱，她们每个都有名字。

温和的风带着船只前行。很快，他们看到了一座美丽的鲜花小岛。阿刻罗俄斯的女儿——歌声动听的海妖唱起歌来，迷惑那些驾船经过的人们。她们在阿刻罗俄斯的床上诞生，母亲正是美丽的缪斯女神特尔普西科瑞。她们长久地在港口瞭望、窥探，让多少人形消神灭，终结了他们幸福的归程！就连英雄们也是如此。她们肆无忌惮地开口，唱出清澈动人的歌声。英雄们眼看就要将船缆抛向那片浅滩。正在此时，阿格洛斯的儿子、特雷斯人俄耳甫斯调好了他那比斯托尼亚竖琴，奏响一支快节奏的乐曲，让旋律互相交织，扰乱了英雄们的听觉。最终，竖琴声盖过了少女们的歌声。

——罗德岛的阿波罗尼奥斯，《阿尔戈英雄纪》

河神阿刻罗俄斯（故其长有鱼尾）与大力神赫拉克勒斯争夺国王俄纽斯之女德伊阿妮拉（如上图）。

　　根据一则古代的注释，赫西俄德指出她们分别叫作忒尔克西厄珀亚、阿格劳斐墨和希墨洛珀，而在南部的意大利则是帕耳忒诺珀、琉科西亚和利革亚。在她们自杀之后，尸体被抛回了海岸。一场关于海妖遗体位置的论战就此展开，最终那不勒斯取得了论战的胜利。

修订海妖族谱

　　悲剧诗人索福克勒斯指出海妖的父亲是福耳库斯，母亲是戈耳工。阿波罗尼奥斯则认为河神阿刻罗俄斯是她们的父亲，缪斯女神特尔普西科

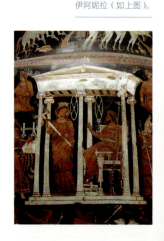

瑞是她们的母亲。传说阿刻罗俄斯在抗击赫拉克勒斯的战斗中折断了一只角，鲜血喷洒在土地上，因而也有人相信海妖诞生于浸了鲜血的土地。

随着传说的不断丰富，海妖作为"恶魔"的痕迹却渐渐模糊。她们成了宙斯和得墨忒耳的女儿珀耳塞福涅的女伴。然而，她们无力阻止冥王哈德斯绑架珀耳塞福涅，将她挟持到冥界。得墨忒耳因而大怒，为表惩罚，将她们变成了半人半鸟状。在古罗马诗人奥维德的作品中，海妖们则是自己请求长出翅膀来追随珀耳塞福涅的。

在维吉尔的英雄史诗中，英雄埃涅阿斯在第勒尼安海岸闯荡，在这部作品中这些嗜血的海妖不再是不好的回忆。她们在死去之后变成了岩石，长久地经受着汹涌咆哮的海浪冲刷。诗人将这些岩石命名为"塞壬之石"[3]，指代索伦托周围三座破败的小岛。

阿刻罗俄斯的女儿们啊，你们的脸庞如青春少女，又是从何处长出这羽毛和鸟足？博学智慧的海妖啊，是否当珀耳塞福涅采摘春天的鲜花时，你们就已成为她的同伴？为了追寻她的踪迹，你们徒劳地踏过每一寸土地，又寄希望于大海，渴望以翅膀为桨，翱翔在浪花之上。突然间，神明们满足了你们的祈求，让你们长出了浅黄的羽翼。为了能继续欣赏你们魅惑众生的嗓音和口舌间歌唱的天赋，神明保留了你们少女的面庞和人类的声音。

——奥维德《变形记》

　　尽管拉丁诗人维吉尔笔下的特洛伊英雄埃涅阿斯没有遇到过海妖，15、16世纪的艺术家们还是在《埃涅阿斯纪》的插画中描绘了她们的形象。这些插画中的海妖并不符合半人半鸟的传统形象，而是参考了中世纪的地中海传说——浪花间畅游的半人半鱼绘制了插图。见本页版画。

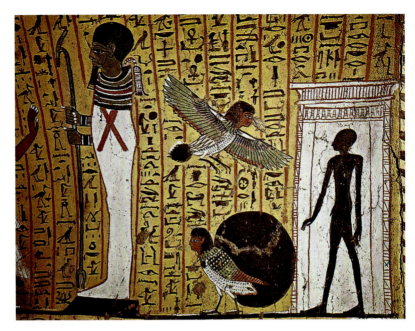

　　此时这些海妖几乎已经看不出《奥德赛》中的吸血鬼形象。她们的名字成了与音乐和诗歌魅力相关的普通意象。在拜占庭时代，学者们互相称呼对方为"塞壬"是很常见的事情，这个称号很接近于如今的博士、学者等。而荷马本人成了永恒的塞壬。

在古埃及，人们用长着人头的鸟具象化死者离开肉体的灵魂（见上图）。然而不能确定她们就是死者的直系后代。

永远的女伴

　　哈德斯与海妖的故事来源于古希腊的大众信仰，而并非出自荷马的作品。她们化身为有翅膀的精神形态陪伴将死的人走完最后一程，并用音乐减轻他们的痛苦。这样看来，海妖并不是大海或天空的孩子，而是大地的

孩子。与文学相比，她们更多地出现在艺术作品中。

人们还未能确定这些人头鸟身的形象来源于迈锡尼还是克里特。她们也可能来自古埃及，在那里从地狱逃脱的死者灵魂就呈现人头鸟身状态。在古埃及墓穴的浮雕上，我们发现冥界花园里出现了这种"灵魂之鸟"[4]。人们发现一些石棺上刻有古埃及文字的格言，其中一些文字已被证实与海妖有关。她们与地狱联系，唱着歌、奏着乐地试图吸引死者。

在古代希腊世界中，海妖也可能以长着胡子的男性形象出现，随后慢慢演变成了纯粹的女性形象。她们毫不令人感到恐惧，恰恰相反，她们友善地为逝者引路。在意大利南部，她们的形象非常受欢迎。作为殉葬品，人们做一个陶制的海妖小雕像，雕像海妖爱怜地揽着死者。在雅典艺术当中，这些来自地狱的生灵来到人间向人们阐释命运。在海妖与人间的神祇产生联系后，她们的数量显著增加，墓地的纪念碑上经常刻有或弹竖琴，或吹笛子，或拨弄头发的海妖形象。她们褪了羽毛的翅膀使她们看起来很像守护亡灵的天使。在赫菲斯提安去世之后，他自幼的

自公元前5世纪起，人们开始习惯将海妖的图案雕刻在墓地当中（见上图）。在希腊艺术作品中，海妖温柔地陪伴着去世的人并把他们引入冥界。这也解释了为什么她们的形象总被雕刻成墓地上的小雕塑了。这些都与古埃及灵魂之鸟的神话有着密切联系。

挚友亚历山大大帝甚至命人修建了几座中空的海妖雕像，供音乐家们在此演奏。

古典时代末期，雅典学院院长、新柏拉图主义者普洛克洛希望对海妖混乱的论述进行归纳整理。他提出将海妖分成三类：天宫中的属于宙斯，引诱者属于波塞冬，而涤罪的天使则属于哈德斯。

希腊的雕塑家们依然使用海妖的形象，却渐渐忘记了她们跟神话或死亡相关的象征意义。他们不思创新，满足于复刻这一形象。因此海妖也逐渐成了纯粹的装饰品。

教父们的警示

2世纪左右，奥德修斯与海妖的故事意外地帮助了当时刚刚兴起的基督教。古代文学并没有阻碍基督教的发展。事实上，早期的基督教作品中的光辉人物——大部分都是受过正统教育的古希腊文人——从智慧神圣的荷马身上学到了即便眼睛缠着绷带也要直面现实的宝贵精神。

更为普遍的说法是：海妖可以用来检验人们对基督的信仰是否虔诚。奥德修斯在地狱和母港之间的航行被诠释为信徒的远征，他们追寻自己真正的命运——上帝。这就好比一幅令人震撼的圣像画，每个细节都可以被充分解读：船只隐喻着教堂，大海隐喻着俗世生活，而母港则隐喻着永恒，奥德修斯象征着人的灵魂，而海妖则象征着布满人生道路的各种艰难险阻。

古希腊哲学就是信徒们遇到的第一个危险。同时，柏拉图和亚里士多德也是被基督教批判得最为集中的

两个人物。基督信徒们宁愿效仿游记中的英雄，用蜡封住耳朵，也不想听到海妖所发出的甜美而致命的声音。

然而，异端，是另一个巨大的威胁。它在基督教内部开始孵化，在人迹罕至的大海上，用靡靡之音不停吸引着人们，只有提前被警告过、知晓风险的教徒才能平安度过。因此，教徒必须把自己紧紧绑在十字架上。奥德修斯得到了永生，成为基督教中成功控制自由欲望的典型人物。奥德修斯的桅杆也成了基督的十字架！我们甚至能从4世纪的教士安波罗修对其赞美诗的评价中再次见到这一庄严的图景。在通向永恒的道路上，撒旦和魔鬼仍在伺机窥探。

在伊特鲁里亚地区葬礼的骨灰坛上，雕刻着孤岛上的三条海妖形象（下图左侧）。她们并排而坐、衣着华丽，从头到脚都是女性的形象，每个人都手持乐器。小岛右侧是希腊人的船只。此时的海妖仅仅作为象征而存在，其在游记中的深层意义已经彻底丢失。

　　9世纪时，思维缜密的美多德主教声称：异教徒才是最危险的敌人，一定要无视他们的言论。他们的话表面好听，实际上却比荷马笔下的海妖还危险。

　　随着多神论者和异教徒日渐式微，他们中的大部分人都重新投靠了教会，对伦理道德的阐释因此就显得尤为重要。在宗教文本中，海妖使我们联想到熟悉而富饶的现实世界，它可通过优美的文字、戏剧、马戏、女人和音乐等吸引人们。在古希腊罗马时代结束后，海妖就失去了她们本来的样子。在一篇关于荷马的考证文章中，作者非常客观地将其描述成："在草坪上歌唱的鸟；或是有吸引力的、迷惑人的女性；或

基督教徒以教堂为船只，在异教徒的大海中航行，这些海妖试图吸引他们。但就像奥德修斯紧靠桅杆一样，基督教徒紧靠十字架，最终都能平安地到达港口。

是一种拟人化的谄媚，因为谄媚能够吸引我们、欺骗我们，甚至在某种意义上，能够杀死我们。"

然而，直到12世纪的拜占庭时期，关于海妖的讨论才被盖棺定论。在他著名的《奥德赛评注》中，希腊萨洛尼卡地区的大主教欧斯塔修斯对回荡在水面的海妖的优美歌声给出了唯一的解释：他认为是海边的居民将竖笛放在了岩石迎风面的崎岖处，让气流通过笛子，引得惊讶的海员们停船聆听。

海妖的形象经常被用来隐喻肉欲，让我们一起听听一位教父克雷芒·亚历山大（150—215）是如何号召大家的："要像远离神话里的海妖一样远离这习惯……远方有一座不祥的小岛，岛上一位美丽的风尘女子在歌唱，周围堆满白骨与尸体。快乐，在世俗的音乐中陶醉……靠紧桅杆，你们就永远不会堕落。上帝将会指引你们。"

海妖是大海的女儿，她们用优美的胴体和柔美的歌声吸引水手。她们从头部到肚脐很像人类少女，但却长着一条布满鳞片的鱼尾。借着这条鱼尾，她们便能隐藏在海浪之间。

——马姆斯伯里的亚浩（636—707）

第二章
摇曳的鱼尾

中世纪充满着海妖的传说，大大小小的教堂甚至古老的手稿里都有她们的身影［如8世纪的意大利奇维达莱大教堂上的海妖浮雕(右图)，再如约翰内斯·德·古巴的《健康花园》(左页图)］。海妖也从此成了半人半鱼的形象。然而她们的尾巴和胸部从何而来呢？

roiume
perrıe
bien tant
tıer ʒ ıu
mestre
en uos be
aus dıs
que ıe seroıe tost perıe · Sı me couıént
feme · ʒ moıtıet oıseaus · ʒ chantent ·

toutes · ıij · ensamble les u ı

中世纪时，带有说教意味的动物寓言作品颇受欢迎。这种题材的作品灵感来自希腊语的《博物学者》，并在中世纪迅速传播。最古老的一部作品是盎格鲁－诺曼诗人菲利普（约1135年）的诗歌，其中作者描述了34种动物。此后，皮埃尔·德·博韦（约1217年）用散文形式撰写动物寓言集。而理查德·德·富尼瓦尔（约1250年）则赋予了海妖爱情的象征意义（见左图）。

亚历山大市是古埃及、犹太教和基督教文明的熔炉，3世纪在此流传着一部名为《博物学者》的神秘作品，该书的作者是一位希腊的基督教徒。在这部作品中，作者将一些动物或真实或虚构的特性与宗教信仰联系起来。例如鹈鹕用自己的鲜血挽救后代的生命，正如基督替人们赎罪。

4 世纪《博物学者》被译成拉丁语，并因此在欧洲得以广泛传播。从格里高利一世时代直至 15 世纪，这部动物寓言一直是基督教的动物学参考书目。相对而言，亚里士多德和艾尔伯图斯·麦格努斯这样的中世纪学者的影响力反而十分有限。实际上，当时科学的声望很低，人们关注的是人类的救赎，这就意味着他们必须遵循上帝赋予的自然规律。

在这部广受欢迎的作品中，海妖是一种作恶多端的动物，她们上半身与人类相似，下半身却依然是鸟的形态。她们用嗓音和旋律吸引远道而来的水手，迷惑并催眠他们。她们诱骗天真鲁莽的人，一旦得手，便迅速过去将其吞食。因此，现实中痴迷游戏和戏剧的人们也一样被愚弄，他们失去精神的支撑，沦为轻易被捕获的猎物。

海妖在巴比伦起舞

《圣经》将海妖的神话引入了许多基督教的作品。因此亚历山大的生理学家援引了《以赛亚书》第八章第 22 小节的描述："海妖和恶魔（démons）在巴比伦起舞，刺猬和半人马在她们的房中居住。"

《博物学者》中说海妖是带来死亡的动物。她们从头部到肚脐是人形，剩下的部分则是鸟的形态。她们唱着旋律优美柔和的歌曲，通过美妙的嗓音扰乱长年航海的水手的心智，将他们吸引过来。她们用纷繁多变的音律迷惑水手的耳朵与感官，从而催眠他们。海妖们看到水手睡着之后，便跃身过去撕裂他们的躯体。

——布鲁塞尔手稿，见下方配图

这些"跳舞的海妖"其实来自一个普通的翻译失误。圣杰罗姆在他的《圣经》拉丁文译本中，将希伯来语中的"tannîm"一词翻译为"海妖"，而该词如今的含义是"豺"或"野狗"。如果他没在其赞美诗注释中再提到这一选段，那它也不会如此为人所熟知。海妖通过这个"窄门"迈入了《圣经》，并在基督教众中得到认可。自此，信徒们对这种作恶多端的生物充满了好奇。由于《圣经》中并没有明确的指示，人们不得不求助于古代作家的作品和注释。

即使是诺亚和他方舟上的渡客也会烦扰于人鱼的诱惑。上图中一手拿梳子、一手拿镜子的海妖，她与半人半鱼的海神结合。

骗取客人钱财的娼妓

约4世纪时，拉丁文语法学家塞尔维乌斯在他对维吉尔作品的注释中对这一则古老的传说给出了特殊的解释。河神阿刻罗俄斯和缪斯女神卡利俄佩有三个半人半鸟形态的女儿。她们一个唱歌，一个吹笛子，另一个弹竖琴。她们最初住在佩洛尔（西西里岛东

北角），随后迁居到卡普里岛，在此吸引那些停留的鲁莽水手。

事实上，这些海妖都是娼妓，她们的恩客们都会落得穷困潦倒的下场。与《博物学者》一样，这篇文章也滋养了很多中世纪的动物寓言。柏拉图的音乐宇宙说曾经吸引了毕达哥拉斯学派，如今已被人们遗忘。随着古典哲学时代的终结，其

影响力也逐渐消弭。奥德修斯求知欲一说也不再盛行。而在四个世纪之前的希腊，哲学家帕莱法托斯的海妖娼妓说却大行其道。人们的重心不再集中于那些谨慎地避免落入鲜花陷阱的勇士。相反，人们开始强调一种受到诱骗而身败名裂的意志不坚定的堕落者形象。这种解读通过官方途径渗透了整个欧洲，这也是中世纪文化传播的典型特征。

三个世纪之后，也就是6世纪，西班牙的圣依西多禄在他流传甚广的百科全书中几乎原封不动地引用了塞尔维乌斯的文章，这种说法因此变得更加强势。

在中世纪的百科全书作品中也出现了海妖的踪迹。1270年，弗拉芒作家雅各布·范玛尔兰在他的教育诗《本质之花》中提到了这种海上生物。作品中的海妖拥有很多典型特征：鱼尾、镜子、梳子……

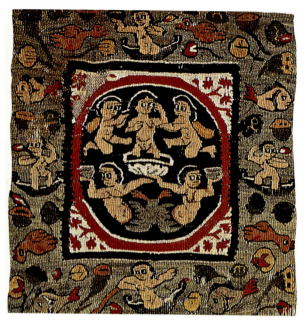

希腊神话中的许多角色都居住在地中海地区，例如半人半鱼兽、涅瑞伊得斯（光明仙女，像深海中的珊瑚一样美丽），海神俄刻阿诺斯和妻子忒堤斯所生的宁芙女神等。维纳斯也是在海上的浮沫中出生，周围环绕着半人半鱼兽与涅瑞伊得斯仙女。（本页左图是一幅描述此场景的科普特地区的作品，下图为涅瑞伊得斯像。）然而这些海上生灵并不是海妖。甚至巴比伦人和亚述人所崇敬的海神也都与海妖无关。

他还为海妖加上了翅膀、鸟爪等象征性元素，以象征爱情的不忠和痛苦。与在海上出生的爱神维纳斯一样，海妖们也生活在海浪之间。

长着鱼尾的美丽少女

早在《奥德赛》时代，人们就已经了解海妖生活在海上，她们的魅力来源于歌喉而不是身体。因此，她们的形象也就无足轻重，书中对她们形象的表述是带有鸟类特征的女性。很长一段时间以来，这个形象都是不可撼动的。大约在 13 世纪，英国马姆斯伯里的教士亚浩提出了一种新的说法。这位教士写道："（海妖）从头部到肚脐很像人类少女，但却长着一条布满鳞片的鱼尾。借着这条鱼尾，她们便能隐藏

在海浪之间。"

人头鱼尾并不是一种新现象。巴比伦人早先就已知晓有一种神上半身是人、下半身是鱼尾。此外，古代作品中也写满了半人半鱼兽与涅瑞伊得斯仙女的故事。但以上这些都不是海妖，也并不会将人引向死亡。

亚浩还提出了一种特殊的说法，他指出海妖通过美丽的外表吸引水手，首次将重点放到了视觉上。作为美丽的少女，海妖们不仅仅通过歌声迷惑水手。

鱼尾海妖图案最早出现在 8 世纪末加洛林王朝时代的一本拉丁文手稿上。翻开这本盖隆所著的圣礼书，其中的一页描绘了圣母在用长发鱼尾的海妖祭祀的场景（见本页图）。海妖的正下方就绘着一条普通的鱼，这说明人们还是把海妖当作海中的一个神灵来看待的。问题也因此出现了：这条半人半鱼的女性是否真的是海妖？在这部手稿中有另一位人身鱼尾的女性形象，她没有手臂，但胸部被描绘得非常仔细。她的尾巴也长着鳞片，并在身下打成一个结，一条鱼在她打结的鱼尾中穿梭。那一页上也有很多大写字母装饰着鱼的图案。

因此，仅仅塞住耳朵还不够，看到她们的人也会迷失。那么亚浩是从哪里得出这一结论的呢？

众所周知，圣依西多禄曾经游历罗马并见过海妖斯库拉的浮雕像。维吉尔的作品中，斯库拉也有着人类少女般的头部和胸部，但她们实际上是长着海豹的腹部和海豚尾巴的丑陋怪兽。亚浩是否混淆了她们？我们惊讶地发现，他在诠释斯库拉时承认了斯库拉与海妖有很多共同点。

亚浩在凯尔特神话中发现了长鱼尾的女性形象

爱尔兰教会成立时间非常早。在 6、7 世纪，爱尔兰教士们便在不列颠群岛以及冰岛上传播基督教。在此过程中，他们并未忽略关于海妖的记述。

斯库拉是水手们的死敌。她们和海妖一样，头部和胸部如少女一般，但却长着海豹的腹部和海豚的尾巴。不同的是，海妖采取诱骗的方式，而斯库拉则豢养着一群海狗，仅凭她一己之力就能击碎不幸的水手们的船只。

——马姆斯伯里的亚浩

因此也就有了爱奥那岛的传说（圣高隆邦曾在此岛设立岗哨）：一条海妖来到了爱奥那岛，她请求一位她所爱的教士赋予她灵魂。然而这位教士不为所动、意志坚决地要求海妖必须首先离开大海。海妖拒绝了这个条件，她被眼泪溶化并最终消失，这些眼泪变成了石子。至今爱奥那岛上的石块还被称作"海妖之泪"。

在 558 年成书的《爱尔兰王国志》中，记载着一位美丽少女的传说 [5]。在 90 年，她在内湖溺水却幸运地活了下来，上帝将她的腿变成了鲑鱼的尾巴。在此后的三百年时间里，她都和她化为水獭的爱犬生活在水中。后来，她请求前往罗马的一位名叫圣康格尔的信使帮助她。最终神明听到了她的祈祷，将她命名为海妖姆吉尔特（Murgelt），随后她升入天国。

半人半鱼的海妖形象显然是根植在凯尔特神话之中的。海妖经常在教士们的游记中出现（特别是圣高隆邦，见下图）。在 8 世纪的《凯兰书卷》中，"条形尾巴"的描述也是关于海妖形象的最早记录之一（见上图）。

动物寓言中的疑点

在中世纪早期，作者们受到两种文化传统的冲击，这在动物寓言作家们身上体现得尤为明显。

这些作者将《博物学者》或改编为诗歌，或自由改编为其他文体。而改编时他们依旧在两种说法间犹豫不决。如果他们相信塞尔维乌斯和圣依西多禄，那么海妖就是半人半鸟的形象；如果按照原作者亚浩的说法，海妖则长着鱼尾。

法国历史学家艾德蒙·法拉在其论文《海妖的鱼尾》中捍卫鱼尾的假设。据他的研究，长着鱼尾的海妖形象首先出现于《怪兽之书》（Liber Monstrorum）。该书写于 7—9 世纪，作者正是英国教士亚浩。法拉认为亚浩也许在罗马受到了希腊文学的启发，吸取了一些融合了两种说法的关于喀耳刻和斯库拉传说的阐释。

有一派别选择了传统的阐述；而另一派别则坚定地站到了新说法的一边；第三种作者不偏不倚地同时提到了这两种说法；第四种则融合了两种形态，即海妖既有鱼尾又有鸟类的翅膀或爪子；更有第五种解决办法，作者们接受了三种说法，赋予每种海妖不同的形态。这种模糊性要归因于 12 世纪《博物学者》手稿之中的一处矛盾：该手稿现存于剑桥大学，其中关于海妖的描述是半人半鸟的形态，而在手稿的插画中，海妖却长着鱼尾！

人们阐释《博物学者》中关于海妖的章节时，唯独对其具体形态存疑，在其他方面却或多或少达成共识。即便他们越来越关注海妖的形态之美，但却都提到了海妖令人着迷的歌声。

1210 年前后，盎格鲁-诺曼诗人纪尧姆·勒克莱尔认为海妖是世上最美的生灵，至少腰部以上是如此。

同样地，菲利普暗中吸收了一些教父和大

众信徒作品中的元素。1130 年前后，他指出：海妖在暴风雨中歌唱，在晴朗时哭泣。他甚至基于对《博物学者》的错误解读赋予了海妖一种全新的寓意：她们暗喻着财富。

通常来说，海妖象征着世界、恶魔抑或是女性，而在当时恶魔与女性本质上是相同的！ 1102 年雷恩诗人马尔伯德（Marbode）在他的诗歌《论娼妓》中引述了这一观点：女人是恶魔最致命的诱饵，而这里的女人所指的正是海妖。

动物寓言作家们不再纠结于海妖到底是半人半鸟还是长有鱼尾。左边的插画提供了一种解决方案：在 9 世纪初一部圣诗集中的插画中同时出现了鱼尾海妖和长着翅膀与鸟爪的海妖。这幅插画诠释了《博物学者》中关于海妖的故事：海妖们在水手睡着之后会吞吃他们。而在当时，关于海妖的古老说法已风光不再，插画作者们逐渐采用了鱼尾这种更为"现代"的形象。

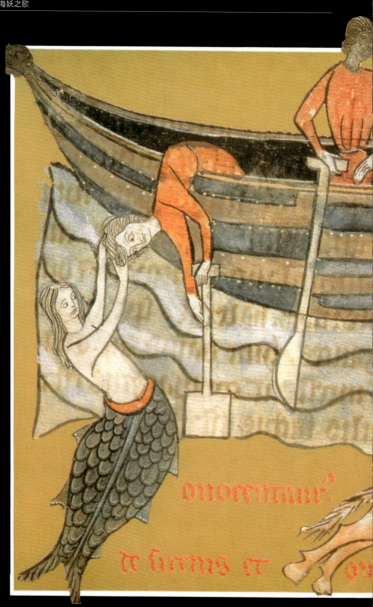

onocentaur?

de sirenis et on

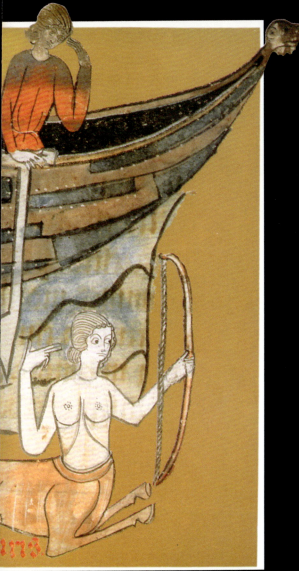

海妖与半人马

　　海妖与半
紧密相连。来自
基斯的作家吕哥
公元前 4 世纪那
马在对抗赫拉克
后出逃到意大利
那不勒斯湾听到
歌声之后完全着
于废寝忘食而死
经》(《以赛亚
妖和半人马总
现。而在《博物
海妖的章节就有
节前不远处:
这些都证明了中
妖和半人马颇有
让、苏维尼、多
客地区的雕塑
大利纳瓦尔地区
比(Raaby)地
上都是如此。在
地亚哥 - 德孔
教堂的金银匠
我们看到一个
箭手正向海妖

柱头艺术

在中世纪艺术中，引诱人的海妖成为淫荡的象征，她们的形象在教堂和修道院中被用来传播一些宗教的启示。此时古老传说中半人半鸟的形象依旧存在，但鱼尾海妖的形象显然更受青睐。她们的形象出现在柱头上，甚至偶尔出现在十字架上。在伦巴第大区以及艾米莉亚地区还出现了两条鱼尾交织的海妖形象。令人震惊的是，这种图案甚至被印在罗马的货币上。

作者们没有忘记，海妖会吞食受害者。1230年，英国方济会修道士巴塞洛米（Barthélemy l'Anglais）在他的百科全书中写道：海妖将被她们催眠的人带到一块坚硬的平地，强迫他躺在自己身边，如果被拒绝，她们就会杀死他并吞食他的身体。

淫欲的象征

1150年左右，欧坦的洪诺留（Honorius）在他的一部布道作品中汇集了所有这些古代传说和基督教教义中的线索。洪诺留主教阐释道：海妖共有三条，她们住在一座岛上，歌声动听。她们长着女人的面庞却拥有着鸟的翅膀与爪子。奥德修斯成功抵御了她们的诱惑。他还写道：大海象征着世界；岛屿就是世俗的快乐；奥德修斯代表智者。这三条海妖用自己的声音吸引水手，象征着三种削弱人们意志的欲望，这些欲望引人犯罪并会将人们拉入一种"致命的混沌状态"。其中唱歌的海妖象征着贪婪；吹号角的象征傲慢；弹奏竖琴的则象征淫欲。她们长着女性的面庞，因为没有什么比爱情更能扭曲上帝的意志。她们长有翅膀，因为她们对世界的渴望在不断变化。而她们的爪子则能将人拖入地狱深渊。

中世纪的人们完全理解这种比喻，特别是其中关于淫欲的部分。教会又何尝没有反复强调享乐即罪恶呢？根据教义，性行为必须在婚内进行，其目的是繁衍后代，因此要避免纵欲。此外，任何肉体的快乐都会发出罪恶的遗臭。海妖成了欢愉和纵欲的象征。因此她们在教堂和隐修院中是一个颇具警示意味的形象，我们在罗马式教堂的石柱上发现了她们的身影（例如在普瓦图的西沃教堂）。

中世纪开始，人们不再承认有三种海妖。自此，海妖只有一种形态。她身边的伙伴被一个人类男子的形象所代替。

自罗马时代起，海妖手中的喇叭和号角开始为人所熟知。直到19世纪，它们都是海妖的典型特征，特别是在船头上的图像中。

海妖将人拉出船外，这明显象征着航行在罪恶深渊中的人们被淫荡的海妖所引诱。还有另一种相反的可能，那就是夫妻携手走入忠贞的婚姻。

梳子和镜子

没有人怀疑海妖的存在。她们是半人半兽的混合体，物种排行在动物之上，人类之下。她们没有灵魂，生活在海洋之中。水手们会时不时看到她们，并会扔些空的瓶子和桶给她们玩耍，以保证船只能顺利前进。

爱尔兰神父圣布伦丹在大西洋上航行的时候，曾遇到过一个半人半鱼、浑身长满毛发的恐怖怪兽。这个怪兽在他的船边气势汹汹地游荡。圣布伦丹说："让我们的船驶入上帝的

14—15世纪间，海妖的图案是千变万化的。她有时会头戴冠冕（如左图威胁圣布伦丹及其同伴安全的海中怪兽），这使得她看起来单纯无害，完全不像一个致命的勾引者。

手中吧，它会保护我们。"——这是当时人们的典型反应。他和教士们跪着祈祷直到海妖消失。此后的一整天里，他们都能听到大海深处传来的咕噜声。

如此神秘的生灵也被一些诗作者和行吟诗人写入他们的预言之中。

关于海妖的美妙故事也开始流传：传说她们的乳汁是英雄们的食粮，她们吸引年轻男子到海中并窃取其灵魂。她们还时不时地来到岸上。有时她们的手里拿着一条鱼，但更常见的是拿着梳子和镜子，这在当时是妓女的特征。那她们是否长着一头长发，以至于当她们在岩礁上唱歌时也要一直梳理？

但丁在《神曲》的炼狱第十九章中展现了海妖的形象。这位佛罗伦萨的诗人曾和维吉尔谈论爱情直到深夜。随后，一阵深深的困意向他袭来。他在梦中见到了一个结巴的陌生女人，她双脚扭曲、面色苍白。但丁讲道："正如太阳照暖了麻木的四肢，我的目光解放了她的舌头、舒展了她的肢体，使她的双颊有了颜色。"随后海妖唱道："我是甜美的海妖，是我让水手迷失，而不是海里的浪花，因为我的歌声使他们如此快乐。"但丁笔下的海妖魅力不减，依然要人类做她的听众，这一形象仍带有明显的中世纪色彩，迷人又致命。

梳子从何而来我们并不十分确定。这些声名狼藉的海妖可能承袭了维纳斯手持梳子和镜子的特征。梳子也有可能是一个误会，或许海妖手中所持的其实是弹奏竖琴或齐特拉琴的拨片。

得益于动物寓言作者们的叙述，我们得知了海妖的歌声会催眠人类。在《神曲》中，但丁在半梦半醒间遇到海妖这一情节并非毫无意义，它象征着当人类理智沉睡的时候，就容易被诱惑击倒。

闪米特文化中有一位半人半鱼的女神阿塔伽提斯，她倍受腓尼基人与叙利亚人的尊崇。她在腓尼基语中被叫作戴尔斯托（Derceto），也许她和希腊女神阿芙罗狄特本是同一人。她有着绝对的美貌、长长的头发，手中拿着一面镜子，这些都是中世纪妓女的典型特征。这就不难理解为什么在一幅15世纪的挂毯上，《巴比伦花魁图》中的女子会手持镜子与梳子，而不是像《启示录》中所写，拿着一樽"盛满欢场中憎恶与淫秽的金杯"。梳子、镜子与她摇曳的长发共同构成了淫荡（七宗罪之一）的象征。

只有荷马将海妖描写为神话中的怪兽，但他并不是严肃的新闻工作者。海妖其实仅仅是海牛。它们与海豹很相似，外表看起来像邪恶丑陋的女性。人们经常看到它们直立起来，将身体的一半露出水面。它们将幼崽抱在胸前，而且它们甚至会笑！在卡宴（法属圭亚那首府卡宴市）市场上海牛被切割出售，它们的味道很像小牛肉，十分美味。

——阿尔贝·隆德尔，1923 年

第三章
丑陋的海牛

对神话生物的信仰（如半人马、独眼巨人、独角兽等）其实均来自人们对自然界的观察。但由于缺乏自然科学知识，人们也将海牛、儒艮等动物纳入了神话之中。

　　1923年秋天，知名记者阿尔贝·隆德尔在《小巴黎人报》上发表了一篇文章，揭露在卡宴市集中营囚犯所遭受的非人待遇。在这篇文章中，他指出柔弱的海妖只不过是丑陋的海牛。简直是大胆！海妖是歌唱的、迷人的女性这一传说竟被破除，取而代之的是对一种海洋哺乳动物的普通描述。但这种说法并不荒诞，海牛的躯体很像女性，它们有及肩的绿色头发，它们能在浅海中直立身体，用胸鳍抱住幼崽。了解上述情况后，我们便不难想象水手们在海上漂泊数周，筋疲力尽之后会产生幻觉，进而"看到"一些岩滩上半裸的女性在笑望着他们。他们叫喊着招呼同伴来观赏奇迹。舵手也出现了幻觉，毅然改变航向。随后的故事广为人知："女人们"隐没在海浪之中，她们在水面上摇曳鱼尾，做出挑衅的姿态以示告别，而船只则搁浅在浅滩上。

　　当西班牙人航行到加勒比海时，他们发现了一种"鱼类"，并用西班牙语"manati"命名它们，意为"海牛"。意大利人吉罗拉莫·本佐尼在1565年撰写新世界历史的时候，曾被邀请品尝海牛肉。他正式指出海牛肉味道与猪肉相似。自那以后，海牛的形象总是带着一张猪脸便不足为奇了，例如上图1576年版画中所绘。

如果阿尔贝·隆德尔的描述符合实际的话，那么这种假说至少是说得过去的。

海牛是什么？

海牛目的动物都很迷人：它们强壮而又温驯。它们与海狮或海象很相似，但是严格从动物学角度考察的话，海牛与后两者又毫无关系。它们是哺乳动物，与象属于近亲。它们在海洋沿岸处或江河的入海口栖息，以这些地方丰富的水下植物为食。

从1768年罗比内《哲学思考》中的这幅插画就能看出，当时的人们已经非常了解海牛。但仍有不少知识分子相信海中还有另一些陌生的生物存在。

从科学角度来看：海牛目的动物可以分为两个科，分别是海牛科和儒艮科，两者之间没有本质差别。这种生物在几百万年前就已经远离了陆地，并已习惯了在水中生存。因而它们失去了后肢，演化出了与身躯平行生长的大尾巴和支撑它们水下活动的粗壮的骨架。它们的前肢变成了胸前的两只短小灵活的鳍。它们行进速度非常缓慢。海牛在自然界中没有天敌，也正因为如此，它们非常容易接近。

我们只能在画中看到海牛直立身体喂养幼崽的画面，这种现象未经科学证明。

　　毫无疑问，海牛自古以来就为地中海地区的人们所熟知。儒艮生活于红海，它们或许是巴比伦神话中海神奥内斯的原型。至于西非海牛，在史前时代就已在地中海被发现，它们似乎还曾出现于葡萄牙海岸。令人震惊的是，一些提及半人半鱼的希腊古老传说也可以被看作是对海牛的描述。此外，人们也在其栖息地之外发现了这些动物。一只加勒比海牛在

不列颠群岛现身，显然它是随着墨西哥湾暖流而来。在蒙茅斯的杰弗里所著的《不列颠诸王史》中，英伦古老的传奇人物布吕特（Brut）在驶过直布罗陀海峡的时候发现了名为海妖的海中怪物，她们在布吕特的船边游荡，差点倾覆了他的船只。这个故事使我们想到圣布伦丹航海故事中围

在中世纪的一本志怪书中，海妖与鱼类被列在一处（左图）。

亚述国王辛那赫里布神庙中的众海神穿着鱼皮制成的袍子。

着他游荡的长着毛的海中怪物。

提尔伯里的杰瓦斯记录道："海妖似乎生活在不列颠海峡的岩石上。她们有着女性的头部、美丽的长发和胸部。她们肚脐之上的身体都是女性的形态，下身却是鱼尾状。"不久之后，布拉邦特的神父，康提姆普雷的托马斯在一首说教诗中提到了关于海妖的一些细节，这些细节并不取自于《博物学者》，也没有引述圣依西多禄或亚浩的作品。那它们的来源是什么呢？也许他从老普尼林那里得到了灵感（老普尼林在其作品中提到了海豚），但这种假说却不太具有说服力。无论如何，托马斯的作品显著地混合了从古典时代到科学观察的种种结论。在描写海妖时，他还谈论了一些"动物"：这些动物看起来令人害怕，它们留着长发，允许人接近；它们胸前抱着孩子，乳房丰满，哺育后代。这其中大部分阿尔贝·隆德尔对海妖的描述已在这部 1250 年的作品中体现了出来，甚至包括它们栖息在海中或河流中这样细致的内容。

克里斯托弗·哥伦布发现海妖

15 世纪末葡萄牙人逐年向非洲南端航行并跨过了好望角，他们也借此走进了儒艮的世界，并毫无疑问地看到了西非海牛。正是得益于西班牙

艺术家和手工艺者通过曲线表现海妖鱼尾。鱼尾可能重合或多绕一圈，例如左上俄罗斯捣衣杆上的这幅作品。

直到 15 世纪末，鱼尾的海妖形象才最终取得了胜利。她们在大海中与鱼类、贝类，以及航海的教士一起生活。

人的发现，海牛才在西欧为人所熟知。1493年1月8日，克里斯托弗·哥伦布在第一次航海途中，于伊斯帕尼奥拉岛的北部沿岸（圣多明各境内）看到了海妖。哥伦布的航海日记已经丢失，我们从巴托洛梅·德拉斯·卡萨斯的著作《印第安史》前几章中一些相对忠实的转述里得知了这一点。"昨天，海军上将看到了三条海妖，他说海妖直立着身子，高高地浮出水面。她们可能长着人的面部，但却并不像传说中那样美丽。他还说他在别处也见过海妖，确切地说是在几内亚的海岸边，当时人们正在收割胡椒。"哥伦布明确地提到自己曾经见过海妖，此处的海妖显然就是西非海牛。

一些编年史作家在前往新大陆的航程上对这种特别的"鱼"进行了更为详尽的描写。为西班牙效力的意大利人文主义者彼得·马特（Pierre Martyr）曾在1516年做出描述，十年之后，奥维耶多也是如此。

他们撰写的关于海牛的报告都非常精确。我们在其中发现了一些共同点，奥维耶多的描写是：雌性、胸前长有双乳、怀抱并且哺育幼崽。

海妖将孩子抱在胸前，并用她们丰满的乳房哺育她们的幼崽。右侧13世纪哥特时代的绘画手稿展现了这一海妖形象。

克里斯托弗·哥伦布显然不是一个天真懵懂的人。大量证据表明他有着丰富的天文与地理知识，并且他精心地筹备着航行。他在《航海日记》中提及了海妖，这显然不是来自古代神话。何况他还明确指出是在几内亚的海岸看到了她们。难道这些葡萄牙人在非洲看到的是海牛，但将它们描述成了海妖？或者是哥伦布借用了这个表达？16世纪的比利时雕刻家特奥多雷·德·布里却对这个故事另有理解。（见左图）

亚历山大大帝在前往印度的途中也看见了海妖。她们向他喊道:"这个国家只属于神,请原路返回吧!"

学者间的讨论

尽管有了这些客观的报告,关于海妖的神话传说仍然风靡于欧洲。16世纪时,法国的博物学家郎德勒与贝隆,以及瑞士的格斯纳首先尝试进行了科学调查,但却没能成功摒除海妖的神话性。17世纪的人们也未能达成这一目标,海妖与海牛依然混淆在一起。

航海时代的旅行日记,使人们更加相信先人所编织的关于海妖的传说,相信这种海中生物的存在。如"大海的母亲""海中女人"的名称开始流行。

如果小道消息为真,那么水手们很可能与这种生物发生过

性关系。在印度，渔夫们必须当着法官的面宣誓自己从未与海洋之母结合。相反地，在科摩罗群岛，强奸儒艮则是一种仪式性的行为。

此外，部分旅行者还带回了一些标本。阿拉斯的医生与植物学家卡罗卢斯·克卢修斯因而能对其中一具尸体进行深入的研究。但这项研究依然没能使神话消失。1659 年，丹麦的解剖学教授拉斯穆·巴托林宣布西印度公司的商人在距离巴西不远处发现了半人半鱼的生物（南美洲海牛）。在莱顿一位名叫帕维奥（Pavio）的人当着名医约翰内斯·德·莱尔（Joaness de Laet）的面进行了一场解剖。他们指出，这种生物的头部和胸部与人类相同，但从腹部到足部则呈现畸形状态，并且没有尾巴。怀疑者们可以在哥本哈根的巴托林博物馆中找到这种生物的一只手和一侧肋

丹麦医生托马斯·巴托林认为，这种长着人面的海洋生物确实存在。

对这些生物外形的描述并不是基于科学观察，更多的是依靠想象力。16世纪时，人们对这类生物外形的描述总是很荒诞。

骨。巴托林的影响力一直持续到 1738 年，在这一年，瑞典的生物学家彼得·阿尔特第出版了一本关于鱼类的书籍。区别于真正的海牛一词，作者在书中使用"Trichechus"来命名海妖鱼属的生物。但作者并未明确指出海妖鱼属的生物究竟是真的存在还是源自神话传说。

直到 18 世纪，科学界才真正将海妖和海牛区分开来。这一切要归功于瑞典的博物学家卡尔·林奈，他于 1735 年出版了第一版《自然系统》，将海牛归为鱼类，并提到了一种类人形的怪兽。但是在随后的几个版本里，他删掉了关于类人形怪兽的描述，并正确地将海牛归类为哺乳动物。

乔治·居维叶（1769—1832），生物学家、比较解剖学奠基者。

19 世纪现代动物学发展之际，海妖一词再次出现，在夏尔·伊利格的作品中，该词的含义很明确。他在命名海牛和儒艮的时候回忆起了古代传说，因而他用了海妖一词命名海牛目生物。

乔治·居维叶与新神话

然而谜底仍旧没有揭晓。为什么是海牛，而不是其他动物加深了我们对海妖存在的信仰，这一点仍有待研究。该现象是否与她们令人惊讶的哺乳行为有关？这一行为早在中世纪传说中便有所体现，正如我们所知的那样，她们是直立着、将身体露出水面哺乳。

自此，法国生物学家乔治·居维叶用这种人类行为去解读半人半鱼兽和海妖便不足为奇了。

他写道："关于海牛的传说不计

其数。因为我们用'手'来指代它们的鳍，它们的脸被坚硬的鬃毛包裹着，从远处看可能有些像头发。特别是它们的乳房长在胸前，并且它们经常将上身露出水面。"

他批评以前的人们只是互相抄袭。而他作为生物学家却进行了先人们未曾尝试过的批判性分析，并且对此信心满满。因为海牛的这一哺乳行为，不但他没有亲自观察过，而且至今也没有任何一位生物学家明确描写过！我们的确在佛罗里达州看到了一只海牛直立着哺乳，然而是在水下进行的。人们所说的胸部也只不过是它们几乎生于腋下的乳头。雌性在哺乳的时候，乳房会显著胀大。这位法国的生物学家用神话来解释问题，并从中创造了一种新的说法。鉴于他的权威性，这种说法得以被完好地保留至今。

海牛和海妖的混淆显然源自其外形特征：与人类相似的头部、酷似小臂的鳍、乳房和平直的鱼尾。其中一些习性也印证了神话的内容，例如它们经常头顶着长长的海藻，神话中它们的形象也是长发飘飘。另外它们的鱼身部分也与海豚和鲸鱼不同。

儒艮和海牛有着千丝万缕的联系，它们统一被定义为海牛目。

——乔治·居维叶

安波那岛区域的一座名叫博尔纳的小岛被传曾经捕获过类似海妖的生物。博物学家雷纳德认为那只不过是一只儒艮。它身长约 59 法寸（1.6 米），身体比例类似鳗鱼。它在陆地上一只盛满水的缸里活了四天零七个小时，不时发出老鼠般微弱的叫声。

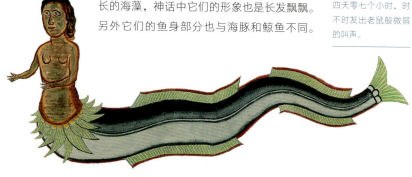

AVIS AU PUBLIC

SUR UNE VERITABLE SYRENE

NOUVELLEMENT ARRIVÉE A PARIS.

LES SYRENES, tant vantées dans l'Hiftoire, étoient
 charmans monftres m   habitaffent ;

几年之后的 1758 年，人们在另一个集市上看到了一个活着的"海中女性"。人们将她放在一个装满水的大盆里面，她看起来非常开心。
——罗比内《哲学思考》

但我们依然无法最终确定海牛就是海妖神话的源头。

海妖和半人半鱼兽

在中世纪时，人们都相信海上也有人类踪迹。这些人主要是不幸坠海后改变目的地的水手，以及被流动的海水所裹挟而来的游泳者。他们尖叫着，挥舞着胳膊，正如海妖的歌唱与舞蹈。

人们看到了这些人，但是并没有救他们……这些人返回陆地之后，就会说自己亲眼看到了在海上生活的人！

毫无疑问地，在暴风雨中坠

海的男人或女人会被渔夫发现并捕获。尽管这样的人明显也属于人类，但人们无法与之交流：有时是因为他们会发出当地人无法理解的声音（语言不通），有时是因为与当地人种有着显著区别（黑人、东方人或是高大的留胡子的金发男子）。

科格索尔的基督教牧师鲁道夫在其英国编年史中指出：在萨福克郡沿海地区，曾经有一位男子被打捞上岸。他赤身裸体、胸前多毛并留着一缕胡须。他吃半生不熟的鱼肉，即使被吊起来折磨也不说一个字。在教堂里，他从未表现出一丝一毫的虔诚。鲁道夫猜测他最终应该逃回了大海，再也没有人见过他。

埃达姆的海妖

在荷兰还发生过一起更为神秘的事件，扬·格布兰兹佐恩·德·莱顿（Jan Gerbrandszoon de Leyde）在 15 世纪末他所

1645 年，也就是事件发生之后的两百年，牧师韦斯滕多尔普在他的编年史中坚持用"水中的女人"这一名称记载了一个故事，她在荷兰被捕获。故事开篇的描述中表明了作者认为她就是海妖。人们看到了她在门前做纺织，也见证了她在被渔夫捕获之前、被小船包围时绝望地挥舞着胳膊。

著的编年史中有所提及。在 1403 年的秋天，一次大潮冲毁了埃达姆附近的皮尔默湖的堤坝，并淹没了该地区。乘坐小船穿过皮尔默的少女们在水中发现了一个赤身裸体的肮脏的女人。少女们将她带回了城里。没有人能听懂她的语言，并且她也完全听不懂荷兰语。人们给她洗澡并为她穿上衣服。四面八方的人纷纷前来围观她。人们将她安顿在哈勒姆，她在那边学习编织，此后又生活了许多年。她死后被葬于墓地之中，因为据说她生前一直信奉上帝。

这些迹象表明她很可能是一名经受了海难的外国人。关于 1403 年，基督教神父埃吉德·罗亚在其编年史中这样写道："海盗，特别是英国海盗使航海变得很危险。"此外还有来自葡萄牙、阿尔及利亚等其他国家的海盗……但不管怎样，这个强壮的"水中的女人"逐渐转化为带有鱼尾的真正的美人鱼形象。她因此进入了文学领域，并成为随笔作家写作的参考，同时这些随笔作家也非常欣赏以美人鱼为主要角色的文学作品。

18 世纪的法国哲学家让 – 巴蒂斯特·罗比内在他的《哲学思考》中提及了萨福克海上有人类存在，并提及了埃达姆海妖的传说，以此佐证他的理论，他认为世界上存在着一种与人类很相近，但却并不是人类的生物。这

人们看到它腰部以下的身体隐于水下，与上半身成一定比例。它的下半身与鱼类很相似，末端是一条宽又大又分叉的鱼尾。

——关于马提尼克海岸在 1671 年 5 月 23 日出现海生男子的记述，罗比内在其作品中引用

BOAT CREW SAVE
SYDNEY 'MERMAID'
AMAZING SEA RESCUE
SYDNEY 'MERMA
Fishermen rescue 'mermaid'
'MERMAID'
SYD
the mermaid fishermen flipped
'M
AM
RE

　　米歇尔·汉密尔顿的小船翻掉了。随后的几个小时中，这位年轻的澳大利亚姑娘一直待在水中，并不断受到鲨鱼的侵扰。她金发碧眼，身着比基尼，见到她的渔民们还以为自己见到了神话中的人物。她对《每日镜报》记者说："他们一共有三十多人围着我，叫我'美人鱼女神'。"（正面形象）

RMAID'

对他基于此前资料的论断起到了重要的支撑作用。他写道："我记得我曾经在很古老的作品中发现过这种海神般的人物形象。在这些作品中，她们坐在蜷缩着的尾巴上面从事纺织活动。"

直到 20 世纪，这种海洋生物依然时有出现。一位荷兰的女士贝丽尔·德·佐依特讲述了在印度科契的沿海地区人们曾经捕获过一只半人半鱼的生物。渔民们将它带回陆地，它赤身裸体、不发一言，在沙滩上扭动身躯。当好奇的人们拥来时，它突然纵身一跃，消失在海中。1989 年，新闻界宣布人们在菲律宾的班乃岛捕获了一条美人鱼。这条"美人鱼"其实就是来自澳大利亚悉尼的 22 岁姑娘米歇尔·汉密尔顿，当时人们发现她驾驶着帆船并遇到了困难。收留她的渔民都坚信她和美人鱼有关。

尽管美人鱼的故事在欧洲流传，但自 19 世纪起，科学家们便不再相信有美人鱼的存在，但这并不表示美人鱼在现今社会里消失了。

关于海中人的大众信仰在印度洋沿岸流传，其中儒艮占据着重要地位。在新几内亚，儒艮是神圣的动物，捕猎它们要依据一套详细的规矩。在也门，人们将捕获的儒艮装扮成女性。

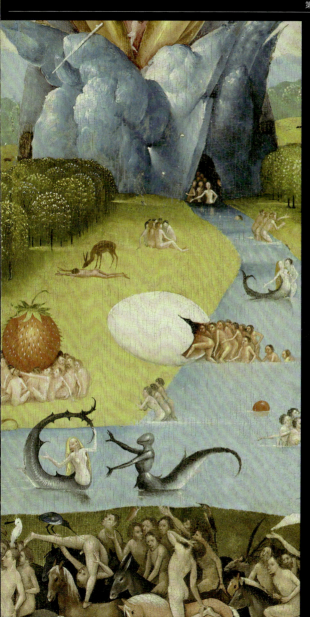

罪恶花园

耶罗尼米斯·博斯的这幅油画堪称是性与堕落的百科全书，在这幅高深莫测的作品中，画家向人们展示了海妖与海上骑士等形象。画作的中心思想无疑是肉欲与奢侈，这些行为会使人们脱离对灵魂的关注。因此纪尧姆·德·迪古尔维尔（约 1350 年）赋予了海妖一种全新的亲缘关系：她是不忠的侄女，背叛的长女。戈弗勒托－塞弗里在他对这幅画的评论文章中写道："博斯在这部作品中谴责了追求感官快乐的行为。这点毫无疑问，因为画中人无论是在现实世界或在别处，似乎都没能得到真正的幸福。"

在象征主义画家笔下（如本页古斯塔夫·莫罗的作品），海妖扮演着缪斯的角色。而在超现实主义画家的作品中，海妖则是被拟人化的女性形象。保罗·德尔沃（作品见上页）在他年轻时一次逛露天市场的途中受到了极大的震撼。让–克莱尔在为这位比利时画家所写的书中写道："他发现了什么？事实上，他发现了关于女性的一些事实，确切地说是一些生物上和生理上的事实。他将女性形象与海洋混合在一起，创造出了一种令人不安的未知生物。正如旧时那些低水平的文学作品中所写，她们隐藏着无尽的诱惑和风险。通过萨伯特慈善医院的沙可教授，他了解到了患有精神疾病的女性歇斯底里的、狂躁的真实状态。此外，他还以最为直观的方式看到了与性病相关的一些蜡制解剖模型。对他而言，女性迷人而又危险。"

裸体女性

　　艺术家们将海妖收归己用。我们有时会不禁认为这些身姿柔美的海妖其实只是一种托词，艺术家们本身就想去描绘裸女。因此海妖也暗喻了具有诱惑力的女性。

———————

　　上页油画为鲁本斯作品《玛丽·美第奇抵达马赛》。

　　上图为爱德华·蒙克作品《海女》(局部)。

———————

"**可**你要记住，"女巫说，"一旦你获得人形，就再也不能变回美人鱼了！……如果你没能得到王子的爱情……你就无法获得不灭的灵魂！如果他跟别人结了婚，那么第二天一早你的心就会碎裂，你只能永远化为海上的泡沫。"

——汉斯·克里斯蒂安·安徒生

第四章
小美人鱼

随着汉斯·克里斯蒂安·安徒生笔下小美人鱼的出现，一切都发生了变化。在那之前，海妖一直都是一个负面的概念——她本是"一个成年女性，邪恶，引人犯罪，对男性意味着致命的危险"，但浪漫主义时代的童话为她披上了无辜小女孩儿的新装：贞洁，娇弱，尤其渴望爱情。

在新柏拉图主义的影响下，海妖在文艺复兴时期似乎重塑影响力。她甜美的歌声不再仅仅是肉体诱惑的同义词，也代表着死后灵魂的皈依。在十四行诗时代，她以一种女神的全新形象重现：这是海妖形象在古代哲学中的正面意义。

人文主义学者曾将美丽的海妖视为雄辩和渊博学识的化身，她早在古罗马时期的形象也是如此。苏埃托尼乌斯不也曾以"拉丁海妖"形容语法学家瓦列利乌斯吗？同样，德国人文主义学者约翰内斯·罗伊西林也赞美他纯洁的信徒——伊拉斯谟（那个时代最有口才的学者）为"智慧的海妖"。

但海妖伤风败俗的女性形象在异教徒的神话谱系里仍未完全消退。薄伽丘落实了希腊帕拉特斯对海妖形象的幻想，索性称她们为"堕落的女性"。再一次，人们让这共识有了用武之地。在史诗故事《卢西塔尼亚人之歌》中，路易斯·德·卡蒙伊斯向一条海妖讲述了葡萄牙水手的英勇壮举。随着海妖这个名字成了家常便饭，她作为诱惑者的令人恐惧的光晕也慢慢暗淡。为了展现海底神奇的美景，诗人还借助了"海妖和她们的甜美歌声"。

在莎士比亚的《亨利四世》第三幕中，无情的理查德列举了涅斯托、奥德修斯、普罗透斯、变色龙，还有马基雅维利与海妖作为对比。

只在文艺复兴时期，海妖才得以留存了某些神话元素。正是在柏拉图的"神话"中，我们知晓了她空灵的歌声。通过彼拉克和本博斡旋，海妖在亚里士多德、塔索和斯宾塞的史诗中获得了一席之地。莎士比亚的《仲夏夜之梦》中，她在海豚背上吟唱着绝美的歌，鸡尾酒般使人微醺的歌声，融合着传统古典乐和当地民歌的丰富味道。

浪漫主义者歌咏海妖——中世纪的美人，她们倚着岩石，梳着长而密的头发，引得男人神魂颠倒。（海涅《罗蕾莱》）但当时海妖更倾向于神话传说，脱离现实。在丹尼尔·奥伯的歌剧《海妖》（1844年）中，她扮演了一个低俗诱惑者的角色，让人想起难船上的掠夺者。一个女子，凭借她的歌声，

19世纪，民间故事盛行，新的海妖故事也应运而生。在不朽的歌剧《尼伯龙根的指环》（1866年）中，德国作曲家理查德·瓦格纳（Richard Wagner）将日耳曼民间传说中的水神搬上了舞台。

迷惑了一众航海者，海盗随之实施打劫。

珍妮·汉尼维斯

在科学界的驱逐下，海妖沦落为美丽的空壳，但她们仍旧活跃在20世纪的大众信仰中。在北欧沿海一带，水手们无条件地相信她的存在。没人知道海妖的真实样貌，因为她变幻莫测。在此处，她是善良的化身，提醒人们防范即将来临的风暴。

德国浪漫主义（艾兴多尔夫）将海妖视为 Wasserfrau（水之女）。这位河流女神歌喉与肉体的魅力在 20 世纪风靡一时。1801 年，克莱门斯·布雷塔诺在他的诗作《哥德维》中创造了罗蕾莱的神话。主人公海妖是个魔术师，她的眼里闪烁着两团火焰，她的手臂如魔杖般挥动。她坐在悬崖上，俯瞰莱茵河，唱着感人的歌，引得水手魂不守舍。

在别处，她又是狠毒的代名词，使船只沉没。在弗莱芒海岸，为了表达她的感激之情，海妖曾将珍珠赠送给一位来自伦巴第的渔夫，他曾将她从渔网中放生。但也请当心她的复仇之心——因为曾有一个年轻人拒绝了她，她便用永不消散的迷雾将马恩岛重重围住，让它成为一座与世隔绝的孤岛。在荷兰泽兰省的西灯塔，生活富足的渔民们，傲慢地拒绝了将一条被俘的海妖放回自己家乡的要求。于是，海神崔顿腾浪而起，诅咒这个小镇——韦斯滕舒文啊，韦斯滕舒文，你将会后悔带走我的妻子，整座小镇都会烟消云散，只有你们的灯塔能幸免于难！它也确实落得了这样的下场。

一些海妖诱拐了在海滩上嬉耍的孩子，并将他们关在一座水晶宫殿中。只有一个寡妇用自己头发编织的外套贿赂了海妖，成功解救了自己的女儿。然而，在有人坚信海妖的地方，就得有不负众望的人来证实海妖的存在。英属群岛的情况更是如此，19世纪，英国民众深陷"海妖狂热"之中。报纸和杂志尽是报道关于目睹甚至捕获海妖的文章。1809年9月8日，苏格兰慈瑟索的一名学者威廉·蒙罗在《泰晤士报》上发表的一篇文章，广为流传。在这篇文章里，他给出了海妖的具体样貌，还声称在桑德赛德湾见过一条正在梳理长发的海妖。

狡猾的商人抓住了这一民间信仰。詹姆斯·帕森斯博士在查令十字街展出的"在阿卡普尔科海岸捕获的令人惊异的年轻海妖"，最后被揭穿，只是一个畸形胎儿。1822年，在伦敦草坪咖啡屋

我是个阴郁的人，
——鳏夫，
——得不到慰藉，
废弃城堡上的阿坤丹王子
我唯一的星已经死去
——布满星星的诗琴
带来忧郁的黑日。
墓园的夜晚，
你给我慰藉，
还我吧，
还我波西里波和意大利海，
深深抚慰着我悲凉心灵的花朵
和那交织着葡萄和玫瑰的长藤。

我是爱神？
菲比斯？
……吕西酿或比隆？
额上依旧留着皇后亲吻的红迹；
我在美人鱼游历的岩洞里沉梦……

我两次胜利地渡过阿给洪河：
在俄耳甫斯的里拉琴上
交替奏出圣女的叹息和仙后的呐喊。

——钱拉·德·奈瓦尔《无根的人》，
收录于《火里的女儿》，1854年
（本诗译者：金丝燕）

展出的"一位来自东印度海的海女",被一位细心的观众揭开了其神秘面纱——这条海妖实际上是由猴子的躯干和鲑鱼的尾巴缝合而成的。这样令人惊愕的展品正合菲尼亚斯·巴纳姆的胃口,于是,1842 年夏天,他在纽约百老汇音乐厅开办了仅仅为期一周的"斐济海妖"展。这场展览大获成功,好奇的人们纷纷前来,完全没有发现他们被伦敦这只半猴子半鲑鱼的生物愚弄了。中国和日本渔民们伪造了这个新物种,它由鱼尾(通常是鲑鱼)和被装上人类牙齿的猴子上身缝制而成。这些生物从安特卫普港口运往英格兰,可能这正是它们名字的由来——珍妮·汉尼维斯鱼。

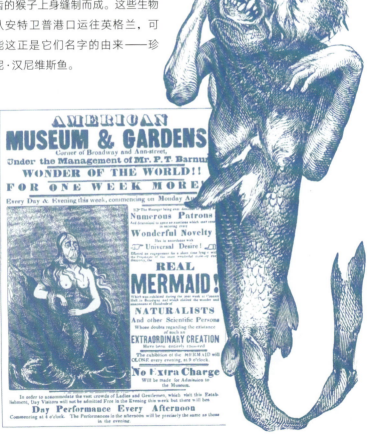

安徒生的童话

1835 年，浪漫主义的全盛时期，汉斯·克里斯蒂安·安徒生创作了现代传说中美人鱼的模型："在海的对岸，水是那么蓝，像最美丽的矢车菊花瓣；又是那么清，如最明亮的玻璃；也是如此的深，深得任何锚链都达不到底。"读者从中立刻感受到：这不是一个充满欲望，也不是一个令人毁灭的世界，而是一个充盈着甜蜜花香的温馨世界。

"在海的最深处，坐落的是海王宫廷。宫廷的墙用珊瑚砌成，那些尖顶的高窗则由秀气的琥珀做成，"安徒生继续写道，"海王的六个女儿和他住在一起，最小的女儿是她们中最美丽的。她的皮肤光滑娇嫩，宛如玫瑰花瓣；她的眼睛是蔚蓝色的，如同最深的湖水。"小美人鱼只有一个愿望——和人类生

1842 年 7 月 27 日《星期日先驱报》中描述的斐济美人鱼十分可怕。在菲尼亚斯·巴纳姆为纽约展览印刷的海报上，她的样子就没有报纸描述中的那么令人厌恶，但无论如何也不像那个曾经让无数水手魂牵梦萦的漂亮美人鱼。这个怪物据说是在斐济附近被捕获的。事实上，它只是一个日本渔民将猴子的上身与鲑鱼的尾巴缝在一起后的产物。一位美国人以 6000 美元的价格买了它。后来，它又落入巴纳姆的手中。这条伪造的美人鱼在欧洲各地展览，从匈牙利（上）一直到英格兰（下）。

活在一起。她渴望得到不灭的灵魂，并与王子结婚。她向女巫求助，女巫要求她用她水晶般剔透的声音来换取使她突变的灵丹妙药——这个过程无疑非常痛苦——但她笨重的鱼尾终于变成了人类漂亮的双腿。结果，王子娶了另一个女孩，为他承受了巨大痛苦的美人鱼在泡沫中消失不见。她在最后一刻得到了重生的机会，成为"空气的女儿"，她的善良为她赢得了一个不灭的灵魂。

这是一个感人而悲惨的故事，它代表了安徒生对上帝创造的世界的美好愿景：植物、动物和人类在他的理想世界中和谐共生，自然和超自然之间没有界限。《小美人鱼》与古代的美人鱼传说鲜有联系。安徒生借用的是德国作家拉莫特·福奎翁丁（1811年）的小说《水神》中"水里的小姑娘"这一主题。拉莫特笔下的水神是快乐的化身，她不诱惑他人，却受他人的迷惑；她不杀人，最后却被杀死。她是个充满童真且柔弱的女人，比起一个诱惑者，她更像一个受害者。中世纪对海妖的淫荡描述在她身上无迹可寻。反而，《小美人鱼》是美德的典范。

《小美人鱼》的两个主题——人类的爱和对永生的追求——都来自凯尔特神话。小美人鱼美丽的身体、长长的头发和鱼尾都带着十足的中世纪风格；荷马时代的海妖特征在她身上唯一的体现是迷人的嗓音。然而，安徒生认为，美人

"在她心爱的王子的婚礼上，她忘情地舞着，尽管每一次触地，都像是行走在锋利的刀刃上一样。"安徒生《小美人鱼》中的故事内容丰富，被认为是世界文学的杰作之一。

鱼唱的歌是关于大海的神奇传说，她们还努力说服人类克服恐惧，潜到海浪下陪伴她们，这一想法是对将人诱离人世的模糊回忆。

虽说是安徒生创造了这个传说，但美人鱼的主题在很大程度上激发了文学界的灵感。然而，很少有作家像费内隆（在《泰勒马克斯》中）那样，记得荷马笔下的可怕生物。阿波利奈尔和歌德都在作品中提到她，钱拉·德·奈瓦尔则梦到了住在洞穴里的美人鱼，莎士比亚在《仲夏夜之梦》中将美人鱼搬上舞台……但是，在亨利·德·雷格尼耶的诗《人与美人鱼》中，美人鱼成了主角，同样的还有朱尔斯·勒马特尔的《美人鱼的婚礼》，奥斯卡·王尔德的《渔夫和他的灵魂》，还有意大利人德安农齐奥的《美人鱼》。美人鱼还被用在书名里以吸引读者——她们的形象总是吸引人的——如威廉·爱尔兰的《密西西比河中的美人鱼》或阿尔塞纳·侯赛的诗集中的《侯赛义的美人鱼》那样。

埃德瓦尔德·埃里克森的里尔·哈夫鲁（位于哥本哈根的兰格林）是最著名的美人鱼。

迪士尼抓住神话契机

电影业很早就表现出了对美人鱼的兴趣。剧情几乎总是遵循相同的模式：一个男人爱上了美人鱼，他们在洞穴中相遇。鲜活的誓言刻在他的脑海中，难以忘怀。到了晚上，他绝望地看着惨白

的月光下隐约浮现的剪影,瘫软在她被风吹散的歌声里。终于,
他跳入水中与她重逢。

　　一位老渔夫向"陆地上的女孩"宣称,没有人能够抗拒美
人鱼,他的朋友在大海深处过上了幸福的生活。

　　1984 年由迪士尼电影公司制作的《美人鱼》和《美人鱼 2》

下面这幅迪士
尼《小美人鱼》动画
的截图是美人鱼和女
巫。"可你要记住,"
女巫说,"一旦你获
得人形,就再也不能
变回美人鱼了!"

也完全沉浸在这种创作氛围中,剧情结合了民间传说和安徒生
故事片段。而沃尔特·迪士尼的动画片《小美人鱼》则完全仿
照了安徒生的童话。这一次,小美人鱼艾莉儿是一个坚强有主
见的少女,最后成功地嫁给了王子。

为了获得双足并
生活在人类的世界里,
小美人鱼把她美丽的
嗓音卖给了女巫。

这部电影的卖点就是悠扬动听的配乐和深入人心的角色，塞巴斯蒂安、乐团指挥家和一只操着安的列斯群岛口音的海蟹。影评家认为，艾莉儿的配音者——乔迪·本森的声音十分纯净柔和，以至于人人都沉醉其中。艾莉儿是一个可爱的娃娃，具有浓烈的安徒生风格特征，她的美在于她面部生动的表情和卷曲的长发。此外，美国的清教徒为她遮住了胸部。

与上图在海里吸引住了一个渔民的美人鱼相反，《现代美人鱼》的女主角麦迪逊（见下图）踏上了人类的土地，她的鱼尾变成了一双漂亮的腿。然而最后，男主人公还是跟随她踏入哈德孙河中。

女性的原型

就这样，美人鱼逐渐丢掉了她身上全部的恶魔特征。她的名字如今只让人模糊地联想到：一个女人，天籁之音，火辣身材。即使她的名字仍然散发着某些"危险"气息，但美人鱼也不再是具有威胁性的生物了。

如今美人鱼不再意味着死亡或是永恒的毁灭，顶多是带给人一次惊心动魄的冒险。这解释了为什么广告行业对美人鱼情有独钟。在纯真和魅力的幌子下，一个长着鱼尾的漂亮女人总传递出一丝神秘和一点带有异国风情的性感。想要刺激高端消费，还有什么宣传手段会比美人鱼更有效呢？

同样，美人鱼也是小报媒体最喜欢的话题。因此，美国小报《太阳报》于1989年5月16日宣称，渔民们在佛罗里达海岸抓获了一条漂亮的美人鱼。她上身赤裸，长着一条鱼尾，还告诉人们，她住在百慕大三角下的水下亚特兰蒂斯城。但很遗憾，船长决定释放她，因为他别无选择：这条美人鱼正在以肉眼可见的速度衰弱！

连环画是唯一让美人鱼的影响力经久不衰的产业。让·阿奇创造的美丽的阿纳贝尔，一开始以美人鱼的形象出现。这条美人鱼将说服著名的整形师比伯尔顿给她做手术，赐予她双

旅游、工业和广告界认为美人鱼是推销其产品的绝佳手段。广告业的客户们显然没有意识到，这种"诱惑"实际上是"损失"。上图是20世纪初的鞋类广告。左图是"标致309"的法国电视广告。

腿。在即将进入3000年的时候——也就是她的第四个千年——这条美人鱼"脱落了很多羽毛",她鹰一样的翅膀和爪子也已经消失,梳子和镜子也不见踪影。她已经

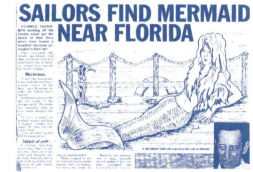

停止在遥远的地方唱歌,不再向人们传播知识,因为没有人给予她这种权利。当罪恶的思想都已经消失时,她又怎么能继续作为罪恶的象征呢?

然而,美人鱼永不会匿迹。因为,她是女人的原型。她赤裸的胸部让好色的男人浮想联翩;但她冰冷的鱼尾让他们领悟,一切不过一场空,并为此感到遗憾。美人鱼的身体不过是女性(人鱼本质特征)欲拒还迎这一精湛技巧的象征。她动人的嗓音只是其第二重要的魅力来源,伴随歌声产生的诱惑就更是屈居其后位列第三了。美人鱼不过是让每个男人都魂牵梦萦的一个女人。

从很早开始,水手们就已经不再畏惧美人鱼的歌声了。如果小报媒体又刊登出美人鱼的新闻,多半是一些低级趣味的虚构故事,只有少数天真的人仍然会信以为真。仔细想想,有人相信她们的存在其实是件好事。也许美人鱼正存在于海洋深处,只是没有人能发现她们罢了。因为她们深知一旦被发现,她们将无可避免地面临被追杀的厄运。

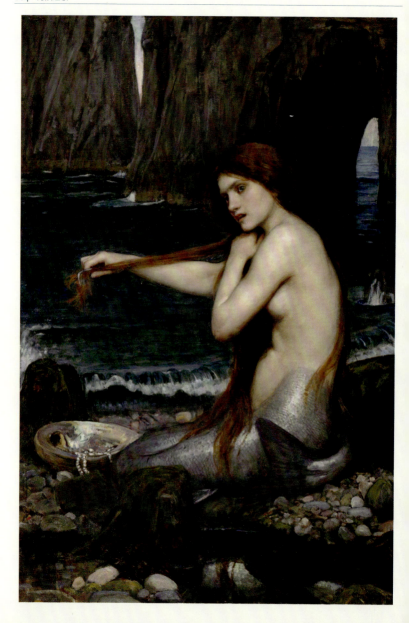

见证与文献

古老的神话

只有两位古典作家给过海妖歌唱的机会：《奥德赛》的作者荷马和将海妖置于宇宙范围的柏拉图。而关于这些神秘生灵的大量文字记录，也只是一些改编或口头资料。

荷马史诗《奥德赛》

沙滩上，喀耳刻把奥德修斯拉到一旁，以使其免受危险和陷入诱惑的陷阱。

喀耳刻：你首先会遇到海妖，她们迷惑所有走近的人；谁要是不加防范，接近她们，聆听她们的歌声，便再不能够返家，感受妻儿的喜悦。塞壬的歌声，优美的旋律，会把他引入迷途。她们栖息于草地，四周堆满白骨和死烂的躯壳。你必须驱船一驶而过，用烘暖蜜甜的蜂蜡塞住伙伴们的耳朵，让他们听不见歌唱；但是，倘若你自己心想聆听，那就让他们捆住你的手脚，在迅捷的海船，贴站桅杆之上，绳端将杆身紧紧围圈，使你能欣赏塞壬的歌声。

然而，当你恳求伙伴，央求他们为你松绑，他们却要拿出更多的绳条，把你捆得更严。

奥德修斯：

我对伙伴们说道："朋友们，倘若只让一两个人知晓喀耳刻——姣美的女神对我的告育，我想此事不妥。所以，我将说出此事，以便使大家明白，我们的前程是不幸死去，还是躲过死亡，逃避命运的追击。首先，她告嘱我们要避

开塞壬、她们销魂的歌声和开满鲜花的草地；仅我一人，她说，可以聆听歌唱，但你等必须将我捆绑，勒紧痛苦的绳索，牢牢固定在船面，贴站桅杆之上，绳端将杆身紧紧围圈；倘若我恳求你们，央求松绑，你们要拿出更多的绳条，把我捆得更严。"

"就这样，当我把详情细细转告给我的伙伴；制作坚固的海船急速奔驰，借着神妙的风力，接近塞壬的海滩。突然，徐风停吹，一片静谧的宁静笼罩着海面，某种神力息止了波涛的滚翻。伙伴们站起身子，收下船帆，置放在船舱，坐入舱位，挥动船桨，平滑的桨面划开雪白的水线。此时，我抓起一大块蜡盘，用利快的铜剑切下小片，在粗大的手掌里搓开，很快温软了蜡块。我用软蜡塞封每个伙伴的耳朵，一个接着一个，而他们则捆住我的手脚，在迅捷的海船，让我贴站桅杆之上，绳端将杆身紧紧围圈，然后坐入舱位，荡开船桨，击打灰蓝色的海面。当我们离岸的距离近至歌声及达的范围，走得轻巧迅捷，塞壬看见了靠近的快船，送出甜美的歌声，朝着我们飘来。"

"过来吧，尊贵的奥德修斯，阿凯亚人的光荣和骄傲！停住你的海船，聆听我们的唱段。谁也不曾驾着乌黑的海船，穿过这片海域，不想听听蜜一样甜美的歌声，飞出我们的唇沿——听罢之后，他会知晓更多的世事，心满意足，驱船向前。我们知道阿尔戈人和特洛伊人的战事，所有神让他们在广阔的特洛伊地界上经受的苦难；我们无事不晓，我们所知与丰沃的大地所见一样多。"

她们引吭歌唱，声音舒软甜美，我心想聆听，带着强烈的欲望，示意伙伴们松绑，摇动我的额眉，无奈他们趋身桨杆，猛划向前，裴里墨得斯和欧鲁洛科斯站起身子，给我绑上更多的绳条，勒得更紧更严。

但是，当他们划船驶过海妖停驻的地点，而我们亦不能听见她们的声音，闻赏歌喉的舒美，我的好伙伴们挖出我给他们充填在耳里的蜂蜡，随后动手，解除绑我的绳环。

荷马《奥德赛》，第十二卷

柏拉图的宇宙论

这个勇士名叫厄洛斯，是阿尔米纽斯之子，出身潘菲里亚种族。在一次战斗中他被杀身死。

整个纺锤在"必然"的"膝上"旋转。每一碗拱的边口上都站着一个海妖，跟着一起转，各发出一个音，八个音合起来形成一个和弦。此外还有三个女神，距离相等，坐在自己的宝座上。她们是"必然"的女儿，"命运"三女神，身着白袍，头束发带。她们分别叫拉赫西斯、克洛索、阿特洛泊斯，和海妖们合唱着。拉赫西斯歌唱历史，克洛索歌唱当下，阿特洛泊斯歌颂未来。克洛索右手不时接触纺锤外部帮它转动，并观察转动的停隔时间；阿特洛泊斯用左手推动纺锤内部；拉赫西斯两手交替着，时而推动内面，时而推动外面。

柏拉图《理想国》，第十卷

智慧海妖

法国历史学家加布里埃尔·杰尔曼（Gabriel Germain）捍卫以下观点：海妖承诺给予奥德修斯知识，以达到诱惑他的目的。

海妖的本质依旧成谜。最真切的观点是，荷马将她们看作人类：因他笔下的其他兽形妖灵都是不会说话的。海妖存在的地方远离死亡之滩；在奥德修斯的航线上，她们站在生命的那边。但很显然的是，那是一个毁灭之地。问题是那些尸体日渐腐烂的人原先是怎么死的？有很多可能的假设：海难之后被饿死，猝死（古人所说的中毒）；我们甚至还可以假设是溺水而亡，海妖咬食，迷惑至死；有些人甚至猜测是暴晒而死。因为尸体皮肤干裂和陈尸之地的寂静让人想到正午——死亡时刻的宁静。实际上，这篇文章并未采用以上任何一种假说。

我们很自然地想到长着翅膀的海妖，她们代表死者的魂魄，经常以陶雕的形式出现在墓穴的内部或外部装饰中，这早在古希腊艺术中就存在。但是，如果说海妖有翅膀的话，为什么她们不用翅膀去袭击又或者说是尽量去接近她们的猎物呢？且与此相反，海妖总是试图让猎物本身来靠近自己。在海底，她们就是让灵魂通向幸福之岛的水中神女，这些神女是十分仁慈的，忒提斯曾让珀琉斯获得了不死之身。然而，她们又似乎在海上顺流，沿着奥德修斯的方向游去。我们还可以认为，海妖是形同古希腊神话中的带翼狮身女怪，她们嗜血成性，纵情欲海。以上是我们仅能断定的海妖的明显性格特点。也许是由于这些南方的恶魔足够隐蔽，没有确切的外形，荷马史诗才描写她们能使飓风骤停，以此方式来描述海妖的特征，这样，一切就回到了出发点：荷马笔下的海妖没有确切的外形，也不具有某种已明确发现的神秘的特性。

海妖对于奥德修斯和他的船员来说，无疑意味着死亡的危险，而这种危险正是通过她们的歌声来传达的。她们的歌声是只影响人的感官还是直接损害人的神经呢？海妖不是巫师，并不能吟诵咒语，她们更像是女妖。必须要清楚的是，她们诱惑的手段让人始料不及，因为人们对此鲜有警醒。

海妖赐予知识，听过她们的歌声后人会变得"更加睿智"。她们并没有询问奥德修斯，因她们早已熟知这个名字。她们会自然地谈起特洛伊的英雄们，因为她们对这片富饶土地上发生的一切了然于心。她们的诱饵，就是曾经使亚当、夏娃失去伊甸园的罪恶的"知识之果"。不管海妖对其他更粗俗的航海员有着怎样的吸引力，她们都不需要对奥德修斯施展除了知识外的其他魅力。为了能与我们之前列举的最著名、最真切的神话故事相媲美，重塑海妖的"渊博学识"的极大诱惑力，我们在流传的寓言中选取了这一个小故事。

加布里埃尔·杰尔曼
《海妖和智慧的诱惑》
选自
《关于奥德赛主题的由来及其史诗诞生随笔集》
法国大学出版社，1954 年

中世纪的奇妙幻想

　　7—8世纪的动物寓言集作家的主要创作灵感来自《博物学者》（7世纪）和《怪物书》（8世纪）。但为了满足民众对所有奇特生物的好奇心，作家们纷纷创造出新的物种，加上奇闻逸事来使文章更加丰富多彩。

菲利普·德·蒂奥笔下的海妖

　　菲利普·德·蒂奥的动物寓言集是《博物学者》的第一个法语版本。

海妖徜徉于大海，
在暴风雨中歌唱，
碧空万里时泪殇，
这就是她。
有女人的上半身，
隼的爪，
和鱼的尾巴。
当她欢喜难抑时，
便放声高歌。
当舵手听到时，

正在海上航行的他，
忘了他的船儿，
即刻进入梦乡。
请将此铭记，
其有深意。

如何定义海妖？
是这世界赐予我们的珍贵宝物。
大海是我们的世界，
航船上的世间人啊，
舵手为魂，
航船为躯。
要知道
那所谓的"宝物"，
常让人灵魂和躯体，
舵手和他的船舰，
负罪累累。
灵魂在罪恶中沉睡，
长眠不起。

这宝物
令人称奇。
她们畅谈，飞跃
抓住我们的脚，
将我们拖至水中溺死。

你们知道什么是海妖吗?

传说,海妖经过今日事实的网筛为我们留下昨日的真相。

这是为什么我们
要这样丑化海妖。
有钱人长篇大论
声名远扬。
于是他们
摧残穷人
欺骗穷人,
让他们毙命。

海妖也同样,
当她在暴风雨中歌唱,
这就是那"宝物"啊
摧毁一个富人。
当她在暴风雨中歌唱
当财富是她的主宰
终于,人们为其沉沦
因悲伤而消亡。

碧空万里,海妖
涕泪不绝,叫苦连天。
世人贪念财富
上帝只不屑一顾,
天朗气清时
"宝物"声泪俱下。
我们才知晓
此生的财富
究竟是何物。

——菲利普·德·蒂奥
《吉奥·德·普罗文斯的圣经》,1206年
安德烈·查斯特尔的誊抄本

纪尧姆教士笔下的海妖

作为一名诺曼底诗人,纪尧姆教士因其动物寓言集在8世纪闻名于世。

当我们被这个世界所迷惑,在它营造的欢愉中入睡时,海妖,即所谓的魔鬼,与我们不期而遇,将我们杀死。

为了逃离海妖魅惑的歌声,水手们堵上双耳不闻其声。人若想要在这个世界独善其身,就得闭目塞耳。

综述

动物寓言集的作者们都赞同古希腊时代(从荷马开始)对海妖的看法,他们认为海妖不过是一种寓意明显的比喻。对于埃利恩来说,海妖只是一个传说,赛尔维埃也这样认为,圣伊西多禄也同样地借鉴了这些表述,在布鲁内托·拉蒂尼关于海

妖的文章中，我们仍旧可以找到这样的寓言故事。这些被称作沙尔维尔特的鸟身人面兽，并不总是表现为相同面貌。奥维德笔下的海妖实际上是长着女人的头、鸟类的身子的生物；但当她们长着翅膀和爪子的时候，就常被塑造成贺拉斯笔下的怪兽模样，上半身是人类女性，下半身长着鱼尾。

菲利普·德·蒂奥结合了两个版本：

人面

人腰

隼状脚，

鱼尾摇。

在《世界图像》中，她们也是女人，鸟类和鱼的结合体。

大致是继赛尔维埃之后，中世纪的作家认为海妖总是三条一起出现："一条唱着动听的歌，一条吹奏着音调悠扬的长笛，另一条弹拨着齐特拉琴。"纪尧姆及所有的动物寓言集的作家们指出，抵抗海

> 对于我们理性的人来说，海妖是智慧的生物。她手拿着镜子和梳子，极富魅力。

妖的诱惑要采用《奥德赛》中奥德修斯所使用的方法。

博沙尔表示《圣经》中没有任何关于海妖的文字，《圣经》的"七十士译本"以及拉丁文版本中与海妖同名的动物事实上与海妖没有任何关系。

西莱斯汀·希波（编）

《诺曼底教士纪尧姆动物寓言集》

历史学家雅克·勒高夫在这里列举了中世纪的所有奇观清单。在被称为米什韦森人的半人半兽中，海妖有着独特的地位。雅克·勒高夫还赋予她们反教会的角色。在当时，这些奇观，尤其是在图像中，她们有一种"赎罪"功能。

中世纪奇观清单

a）地区

地区：山（尤其是深山）和峭壁（《巨人传》），泉水，树木（贞德的《仙子树》），岛屿（福克兰群岛——中世纪制图中的岛屿）。

人类建筑：城市、城堡、塔楼、陵墓。

b）人类及类人生物

巨人和小矮人（奥贝龙）。

仙女。

生理特征奇特的人（大脚女人、巨齿男人、长毛的小孩）。

人形怪兽。

c）动物

"自然界的"动物（伊万的狮子、有四个孩子的神马巴亚尔、象征着基督的鹈鹕）。

幻想中的动物（独角兽、狮身鹰头兽、龙等）和《罗兰之歌》中查理曼大帝梦中的动物。

d）米什韦森人

半人半兽的生物。

长毛怪和海妖。

进化的结果：类人生物。

e）物件

护身符：隐身指环。

护身符：被遗弃的鹿角。

强身剂：剑、腰带。如同"神圣空间"的床。

f）成为传奇和科学里程碑的历史人物

亚历山大的中世纪小说。

技巧：构筑中世纪奇观的工具

a）梦境、幽灵、幻想

古代占梦体系的破坏。

译梦的变幻无穷。

b）身形变换

长毛怪物／狼人。

c）魔法奇迹

巫术／妖术和邪说。

巫婆。

d）杰出的文学作品

《圣徒传记》／在彼世的旅行（圣布伦丹）

动物寓言集（《博物学者》）。

e）令人称奇的艺术

> 对于昔日的基督教徒来说，海妖是仙女。为了与人类结为夫妻，获得灵魂，她们可以变身成人类女性，但是一旦被月光玷污，她们就会现出原形。

雅克·勒高夫
《中世纪的想象》

博物学家难解的谜题

西班牙航海员对海牛进行了准确的描述，尽管他们进而将其确定为一种"鱼"。由于没有机会观察动物，这些博物学家只得局限在旧识之中，因而混淆了海牛和海妖。最后，由分类学家将海牛从生物学角度与海妖区分开来，并将其归入哺乳动物类。

鱼族

纪尧姆·朗德莱（1507—1566），医生，援引到玛纳兽和其他的一些海怪，并将它们归入鱼类。

玛纳兽

玛纳兽是源自印度的一种水生巨兽，头似公牛，背部平坦，皮肤极其坚硬。雌性玛纳兽有两个巨大的乳房且奶水充足，这便于喂养小玛纳兽。它体形庞大，死后得由两头壮牛才能勉强拖动。它的肉质与小牛肉相似，但更加油亮，也没什么味道。它像家犬一样温驯，可以被人类驯服，但它能清楚地辨别人类的恶意。以上就是见过玛纳兽的人们对它的描述。

打扮成主教的海怪

我曾见过其他模样的海怪，在随它而来的信中写道，1531 年，有人曾看到这只怪物穿着主教的衣服，在波兰被抓捕，并被押送到国王手中，它向国王表示渴望回到大海。之后，人们将其带到海边，它便迫不及待地马上跳回水里。

海中神女

诗人塑造了海中神女形象，她们是海神涅柔斯和大洋神女多里斯所生的女儿，然而老普林尼却认为这绝不只是神话传说。据他描述，这些仙女皮肤粗糙，布满鳞片，长着人脸。有人曾在海滩上见过她们，也曾听到她们在为一个垂死之人呻吟祷告。听说有人曾在埃达姆的波梅达兰见过一些神女，她们貌若天仙。我也听说过这些，但我并不想去核实，一位西班牙航海员曾在船上养了一位神女，但她最后一跃跳回了大海，不复出现。

纪尧姆·朗德莱
《鱼类全史》
里昂，1558 年

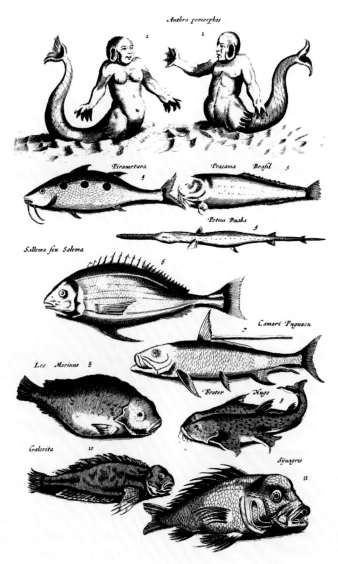

各种类海妖图

罗比内的观察

罗比内通过参考已有的资料，以严谨的方式描绘了海牛并建立了他对海妖的认知。

大自然褪去了鲸目的鳞、角和尾巴，使之成为 18 英尺（约 5.49 米）长的生物，它们只有两只又短又粗的手臂和一双小手，每只手只有四个短小、肿胖的手指。海牛皮皱肉厚，稀疏地长了些短毛。胸前长着两个大乳房，这大概是这类有两前肢动物的生物特性。该物种以人类的方式交配。他们的手臂很灵活：雌性海牛则抱着她们的幼崽，类似猴子抱着她们的孩子那样……

海牛既不是四足动物也不是两栖动物，但这并不妨碍我们把它胸口两侧的肢体称之为手，这两肢是否能够支撑它们身体的重量呢？海牛的外形决定了它的名称；只要我们仔细观察，就能够区分海牛的手、前肢和肱骨，尽管这三个部分都十分短小且奇形怪状；但是海牛性格活泼，身体灵活，这使得它们别具特色。

海妖

许多确切的证据表明，雄性海妖也是存在的，这可以通过它们的上半身来判断，只有顽固不化的人才会对此心存怀疑，以下是我收集到的关于这些海妖的真实信息：

西班牙船员于西印度洋看见海妖

在英国被钓起的海妖

据拉瑞报道，1187年在英国，有人在萨福克郡堤岸边垂钓时，看见一条雄性海妖，它由郡长饲养了六个月，以供众人观赏。它的外形与人极其相似，似乎唯一的差别就是语言功能。一天，它侥幸逃脱，投身大海，从此，没有人再看到过它的身影。

在法国被钓起的海妖

1430年，人们在《荷兰女人的乐事》中读到：一场暴风雨来袭，洪水决堤，涌向草原。这场可怕的暴风雨之后，在法国，大水已退，亚当的女儿们，在去挤牛奶的路上，乘船经过普默兰，在那儿看到了陷于淤泥中的一条雌性海妖。她们把她带回了家，让她换了衣服，给她吃了面包，喝了牛奶。她们还教她纺织，并将她带到了哈勒姆；她在那儿生活了几年也没能学会说话，并且总怀着回归大海的本能。因此，人们得出结论：只要不把她带在身边看着，她最终会像在英国钓起的雄性海妖一样，奔回大海。我记得曾见过特别久远的海中仙女的图片，图中，她栖坐在盘于身下的鱼尾上，手上正织着些什么。

关于一条雌性海妖的描述，于 1758 年在巴黎所见

1758 年，我们看见了一条雌性海妖，她被放在一个装满水的澡盆里，她看起来悠然自得。她十分灵活，长着两只长长的脚。她在水中敏捷地跃上潜下；当安静下来的时候，她一贯的姿态是乳房露出水面。我们喂给她面包和小鱼，她会用手将食物放到嘴边。她怀着好奇和欲望盯着这些观望者，尤其是男性，这仅仅是一种纯粹的本能。她的皮肤粗糙，除了长有鳞片的后颈，头部几乎是裸露的，耳朵又长又大，面部丑陋，脖子又粗又长，右手没有完全成形，所以她通常使用左手，胸腔宽阔，还有两个圆润饱满的大乳房。从性征来看，这条海妖有着肥大的阴蒂，周围是半英尺长的外阴。腹股沟的位置长着两个不同物种的鳍，能够自动关闭并遮住她的生理部位。她的下半身是布满鳞片的鱼尾。从阴蒂到尾巴末端，长有六个鳍条的鱼鳍，面积逐渐减小，厚度也越来越薄。她的尾巴末端形状别致，当它张开的时候，呈花冠状。尾巴上还形成了一种膜，其质地与鳍上的相同，并附有十个鳍条。尾部的两半还可以相互敲打，当她合上的时候，宛如两把扇子。尾巴每一边都有三个部分，两两对应，且每组特征各异。左边的第一个部分是一个白点，上面还有一个相同颜色的小弧。另外两个则是相望的两段白弧，就是离尾巴边缘更远的内侧白弧比另一个更小。右边的

三个点看起来大致相同。以上就是这个奇特的动物的模样。

罗比内
《哲学思考》
巴黎，1768 年

儒艮怪

乔治·居维叶得出结论：儒艮和海牛不属于同一科。

很长一段时间，博物学家只是从旅行者那儿，得到些关于儒艮的模糊甚至错误的线索，包括一张多邦通提供的儒艮的头部图片。

乔治·居维叶像

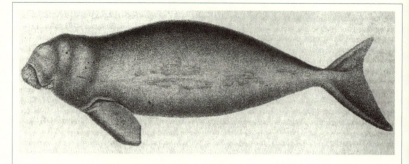

儒艮

如同大象上颌骨间的牙齿一样，尽管儒艮也长有长牙，由于当时对解剖学的鲜少关注，无法让人断定儒艮和海象科之间是否有很大的不同，而且当时生物系统分类时，仍将儒艮划属海象科。

坎珀，一直执着于儒艮与海象不同的牙齿位置，最终得到了一幅清晰的儒艮的图片。这张图片使他想起最早在雷纳出版的作品中出现过的动物，我们可以由此知道，儒艮和海牛一样，是两足动物；它的前肢呈鳍状，胸前长着一对乳房；身体似鱼形，尾部是一条横鳍，呈新月形，且没有骨架。我们甚至能想到它刚刚在海岸边吃草的样子，它在印度洋的名字和海牛在大西洋的名字一模一样。

如果更大胆设想的话，我们可以根据它的头想象出来它身体的样子，也是不同于海象，而与海牛极为相似。

儒艮和海牛骨头的连接及整体的骨切面几乎是一样的，我们可以看到，要将海牛的头切换成儒艮的头，只需要增大和伸长其上颌骨间的骨头，在此植入长牙；为了使上下颌骨彼此吻合，则需弯曲下颌骨。然后吻就自然变成了现在儒艮吻的形状，鼻孔也就相应地配合起来了。

简言之，海牛只是牙齿没有完全发育的儒艮。

林奈在命名海牛时似乎对这一类比持怀疑的态度，但可能是因为出于勒盖对儒艮头部的描述，他将儒艮和海牛混淆了。

乔治·居维叶
《儒艮骨学》
巴黎，1890 年

美人鱼，诗人的缪斯

长久以来，无论是柔弱的受害者还是狠毒的蛇蝎女人，美人鱼一直都是浪漫派作家偏爱的创作题材，他们笔下的主人公，在拒绝和怜爱之间犹疑不定，但终于还是被这遥不可及的爱的象征给迷得神魂颠倒。

《仲夏夜之梦》

莎士比亚笔下的美人鱼显然是对柏拉图宇宙音乐的模糊回忆。

欧泊朗：我善良的普克，到这儿来吧，你让我想起那个绝美时刻，我静坐在海角，听到美人鱼的声音，她坐在一条海豚上，她的歌声是多么的温柔而美妙，汹涌的大海也因此而平静温顺，就连夜晚的繁星也一路相随，可也是为了

听到这些海的女儿的美妙的歌声？

普克：我铭记于心。

威廉·莎士比亚

《仲夏夜之梦》，第二场第一幕

弗朗索瓦·维克多·雨果（译）

七星诗社丛书，伽利玛出版社，1959 年

水神

1811 年，德国诗人莫特·富凯创造了水神这一角色。1845 年，洛尔清在这篇文章的基础上创作了歌剧。

"我亲爱的朋友，你要知道，人类模样的生物无所不在，却毕竟不是人类。外形奇特的蝾螈在熊熊火光中怡然

自得；瘦小狡黠的地精深居地下；森林之神和树精将森林划为养灵之地；空气精灵乘着云和浮气翩然飞舞；还有不计其数的水神生活在大海、湖泊、急流和小溪中。他们住在水晶宫殿里，可以看见天空、太阳和璀璨的星；在他们的花园里，长着漂亮的珊瑚树，蓝色和绛紫色的果子缀满枝头；他们时常漫步在沙地，那里落满了五颜六色夺目的贝壳。海面银波粼粼，它厚重而神秘的面纱下，只不过是上帝想要躲避今天人类的可鄙目光而隐藏的古老世界。高贵庄严的纪念碑在大海里竖立，光芒四射，历经善水的滋养，似锦的苔藓和挺立的芦苇肆意生长。这里的居民慈眉善目，貌美脱俗。一些渔夫曾看见过海的女儿，她们是为了歌唱才露出水面的。这些超凡脱俗的、亘古未见的美丽女子被叫作水神。此时此刻，我亲爱的，我必须要告诉你，在你面前的，就是海的女儿。"

当听到这段故事的时候，骑士试图说服自己，这只是他美丽的妻子心血来潮，所有的故事都是为了逗他开心而臆想的。但这样暗自重复也是徒劳，他没能说服自己。一种前所未有的震颤穿透他的身体，他不得不相信水神的存在。他瞠目结舌，一直盯着他可爱的妻子，她忧虑地摇着头，从心里涌出不断的叹息，然后继续讲道：

"比起人类，其实我们更喜欢自己这样的存在，虽然美人鱼与人类外形相

一位年轻的水神在深蓝色的海底王国里，她时常同一条丑陋的沙丁鱼在海草群里捉迷藏

似，但一条无法跨越的鸿沟将我们分隔开来。我们和其他类人动物，都拥有完整的身体和灵魂，可一旦死亡一切都会化为乌有，永生永世，不复踪迹。于人类而言，寿命终结不过是另一个更加纯洁、完美的生命的开始，可对于我们，那意味着永远的消失，如同风飞尘扬，浪过星落。因为我们没有灵魂！自然元素只在我们活着时才属于我们；一旦死亡降临，它就会消失殆尽；但我们不必感到悲伤，而是像夜莺、金鱼和被大自然宠爱的活泼孩子一样，欢欣愉悦。然而，每个人都渴望拥有更多。我的父亲，地中海的一位强大的水族王子，希望他的独生女得到灵魂，但也要为此付出代价，他的女儿将遭受一切拥有灵魂的人所要承受的痛苦。然而，我们只有赢得人类的爱情，才能如愿以偿。而现

在，我有了灵魂，亲爱的，那正是你的爱。我对你永生永世心怀感激，即使从此我的陆上生活将遍布苦难。此刻，你已知晓一切，如果你怕我，拒绝我，哪怕我的生命只剩不幸，我也不希望透过谎言的镜子去注视着你；如果你要抛弃我，那请立刻离我远去，只求你在对岸再看我一眼。我会马上投入小溪，我的叔叔是这条溪流的河神，他远离所有的亲人，在这片森林里过着奇怪、孤独的生活，至少在旁人看来确实如此。但多少河神都羡慕他的位高权重。就是他把我带到了老渔夫的家里，那时我还是个无忧无虑、爱笑的孩子；也是他让我成为我自己，就是现在这个拥有灵魂的女人，知道什么是爱和苦痛的女人。"

水神还想继续讲述，但胡尔德布朗已然情难自已，把她拥在臂弯，带回到对岸。至此，他已泪流满面，亲吻着她，在河岸上起誓，她永远是他挚爱的妻子，至死不渝。

弗雷德里克·莫特·富凯
《德国浪漫主义里的水神》
七星诗社丛书，伽利玛出版社，1963 年

可怕的诺言

安徒生（1805—1875）为了孩子们和哲学家而创造的童话，小美人鱼会让人类与自然和解吗？

"我知道你想要什么！"海上女巫说，"你真是愚蠢！不过，你还是会如愿以偿的，可这会给你带来悲惨的结局，我美丽的公主。你想要褪去你的鱼尾，生出两条残肢，像人类那样行走，希望王子会爱上你，属于你，企盼这样能得到不灭的灵魂！"说完这些，女巫发出洪亮而可怕的笑声，癞蛤蟆和水蛇都滚到地上来，在周围爬来爬去。"你来得正是时候"，女巫说，"明天日出之后我就无法帮你，你就得再等上整整一年了。我将会为你准备一瓶魔法药水，在太阳升起之前，你带着它去到陆地，坐在岸边把它喝下，之后你的尾巴就会一分为二，慢慢褪去，变成人类所谓的美丽双腿，但这会疼痛难抑，就好像有人用锋利的剑砍向你，所有看见你的人都会道来羡词，世上竟有你这样美丽的人呢！你迈着轻快、优雅的步伐，哪怕最

安徒生像

优美的舞姿也无法企及，但是你每迈出一步，都会给你带来钻心的疼痛，好比踩在锋利的刀刃上血流不止。如果你已经做好了准备，承受这样的痛苦，我愿意帮你。"

"我可以忍受。"小美人鱼用颤抖的声音说，这时她想起了那个王子和她要获得一个不灭灵魂的愿望。

"可你要记住，"女巫说，"一旦你获得人形，就再也不能变回美人鱼了！你永远都不能再穿越大海回到你父王的宫殿，回到你姐妹们身边，而且如果你没能得到王子的爱情，不能让他因你而忘记父母，最终全心全意地爱你，和你携手成为夫妻，你就无法获得不灭的灵魂！如果他跟别人结了婚，那么第二天一早你的心就会碎裂，你只能永远化为海上的泡沫。"

"我接受这一切"，美人鱼说，她面如死灰。

"倘若这样的话，你得给我回报，我的要求并不多。你拥有海底最美的嗓音，你打算用它去吸引王子，但是，这美妙的声音，你得给我。我需要你用最美好的东西来换取我珍贵的魔法药水，因为我在里面加入了我的血，它可以像一把尖利的剑一样斩断你的鱼尾！"

"可是，如果你拿走了我的声音，我还剩下些什么呢？"

"你还有迷人的身体，优雅的步态，勾人的眼睛，这对于吸引一个男人的心已是绰绰有余。怎么，你是没有勇气了吗？伸出你的舌头，让我剪下它吧，然后我就会给你神奇的药水！"

"好吧！"

汉斯·克里斯蒂安·安徒生
《海的女儿》选自《童话选集》
弗里欧，伽利玛出版社，1987 年

阿波利奈尔动物寓言集

诗人自觉地模仿中世纪动物寓言的神秘，赋予每一种动物独一无二的象征。

俄耳甫斯

翠鸟女神，
爱神，及飞翔的美人鱼，
她们唱着致命的歌曲
危险，无情。
不要聆听这些受人诅咒的飞鸟，
应去聆听天使们在天堂里的妙音。

美人鱼

美人鱼，我知道你的烦扰哪里来
你泪流满面，可也游弋在黑夜？
大海呀，竟也像极了你，声声诡计
我浪涛里高歌的船舰，只称岁月。

纪尧姆·阿波利奈尔
《动物寓言集或俄耳甫斯的随从队列》
七星诗社丛书，伽利玛出版社，1956 年

依旧活跃的美人鱼

　　20世纪初，美人鱼仍旧活跃在文学故事和剧本当中。她依然深深地吸引着《法国画报》的一众读者。美人鱼的恶魔特征仍未消去，但这并未阻止保罗·阿雷纳这样的作家自由发挥想象力。同文学领域一样，报刊也被美人鱼、神话和现实生活占据了版面，人们依旧对此兴致盎然。

　　闲散一日，细雨绵绵，独自一人，在某个旧壁橱的最后的一个架子上拾得一本旧书，甜蜜惬意不过如此。尤为难得的是，这是用拉丁语写成的一本关于自然的书，作者是博学的纪尧姆，他是蒙特贝利学校的老师——拉伯雷的朋友，他以龙迪比里斯这个名字名垂千古。

　　喜出望外的是，我在印刷的书页里发现了优美的手记，比如在我的《鱼类全历史》（初版印刷，已基本绝迹！）第214页上，写在美人鱼肖像画和一个木雕画旁边。木雕画刻的是一位半身没水的大海主教，在他硕大的鳞冠下是水生而神圣的面孔。

　　此后，我一位博学的朋友用拉丁文精心摘抄了这一笔记，并用华丽辞藻修饰了这位朗格多克地区鱼类学家（笔记的主人）想传达的信息。由于没有翔实

美人鱼

的文本，我们能做的也只是根据记忆，尽可能地忠实地翻译，以下是我们对这条关于美人鱼的笔记的翻译：

僧侣们在离海岸不远的地方开辟出了一个岩石小岛。他们如实向我描述了一个奇遇：某个秋天，海浪冲向珊瑚礁，修道院被礁石和海浪环绕。突然，一艘废弃的大船出现在海上，船下一群猛禽飞舞盘旋，尽管四周风平浪静，船的四周却波涛不止，大量的鼠海豚、鲨鱼、锯鳐、六带剑盖鱼，以及其他一些海怪，吻部露出水面，随着汹涌波涛翻滚不停。

船中散发出一股恶臭。每当僧侣们走近，都会被眼前所看到的景象惊得后退。舰楼后，有一座血淋淋的烂泥桥，在这血泊中，躺着在海难上被泥潭淹没的人，尸骨成堆，具具尸体上都布满了可怕的伤痕，所有人都保持着抵抗悲惨战斗的姿态，握拳，挥斧，守卫家园。被劈开的酒桶向外淌着酒；相反的是，在桅杆旁边，在这凶杀和狂欢一幕中间，有一个罕见的大理石容器，里面装满了清亮的水，一直到澄澈的水边，倒映出天空的蔚蓝。

对此，每个人自然地联想到海盗大屠杀和货物抢劫。但事实上这种猜想并不成立，因为当人进入船舱里，看不到任何掠夺的痕迹，相反的是，遍地都是可爱的财宝：金子、银两、钻石、珍珠、香料、稀有的木材。航海员们通常将布料、神像和一些不知名的鸟的羽毛放在他们的屋子里，作为他们探索新的国家的见证和战利品……

本来没有人能解释这出可怕的惨剧，但当僧侣们执行基督教的仪式，把尸体带走埋葬在圣地，其他人把财宝运到修道院时（真是一下子就变得富有了！），他们没有发现箱子后面的地毯下，还有个尚存呼吸的男孩。这个男孩因为疲劳和恐惧，奄奄一息，当他苏醒过来之后，说他是海上见习水手，如实地讲述了他惊心动魄的经历。

以下是小水手的叙述：

几年的航海时间里，我们都忙于浇筑金块，填满船舱，再返回矿区，换来矿石。当目标达成后，我们开始考虑返乡——西班牙边境上的一个渔村，属于巴斯克省。可归途中，一场暴风雨来袭，我们迷路了好几天。当一切恢复平静之后，我们的船却航行在了一片船长和领航员都无法辨别出星图的星空下。

于是我们长久地在海上流浪，遇见了一些没有灵魂的却有生命的陆地和岛屿，但它们可以为我们供给水、水果，甚至是新鲜的肉。后来我们就再也没有看到岛屿和土地，到最后，所有人都感到十分忧虑和悲伤，因为我们没有料想到食物越来越少，出路还没找到。一天早晨，一个守夜的人说，他看到两条大鱼在船后嬉戏，大家因此而兴奋不已，因为船长说这意味着海岸的临近。

听到船长说的话，我们放出鱼钩，希望大鱼会回来，但事实上，它们并没

美人鱼与水手

有上钩，第三个晚上，我们用渔网代替了渔线。

这次的捕捞十分成功，当我们睡醒准备收网的时候，发现渔网特别沉，里面还有两条大鱼，他们透过网眼发出银色和金色的光芒。银色，是她们珍珠色一样的身体；金色，是她们的头发。我们觉得捕到的是两条美人鱼，我们也叫她们海女。

老水手抬起美人鱼长满精细鱼鳞的大腿，说要吃掉她们。但年轻人们不想那样做，并且让其余的人注意到她们与人十分相像。于是，船长就吩咐人到甲板上去搬那口大缸，那是从印度异教徒的一座庙宇中抢来的；然后他们在缸里盛满水，再将美人鱼放在里面。

美人鱼一声不吭。她们无精打采的，时而靠在缸边上，抚摸着手背，捕杀者的网结在她们的手臂上和胸前都留下了痕迹。她们太美了，赤裸的身体在水中弯曲成优美的拱形，闪闪发亮的头发，碧绿的眼睛，贝齿微露，含着带笑，船员们甚至包括那些起初想要吃掉她们的人，瞬间神魂颠倒。

白天，人们都躲在自己房间里，然而每天晚上，水手们都会为谁可以悄悄到甲板上去同美人鱼说话而争吵不休。嫉妒心作祟的船长，似乎想要将美丽的海女占为己有，就在她附近安排了一位哨兵看守。但是，大家很快就卸掉了哨兵的武器，并把船长给杀了。

我听到美人鱼姐姐对妹妹说的话，

妹妹十分娇俏可爱，看起来还不到12岁：

"放心吧，小妹，无论发生什么，你就假装睡觉；离我们回归大海的日子已经不远了……"

我很快就明白了这些话的可怕含义。下午，船员只在喝酒，船不再航行。落日映射出战争的气息。我喝得酩酊大醉。曾经的挚友、兄弟整夜互相残杀，我一直躲在角落里，听到血混着酒顺着渔网流向大海。

霎时，一片寂静，美人鱼开始唱歌。

太阳从地平线上升起，破晓时分，染红了半边天，水天一线。作为船上唯一的幸存者，我看见了，如同在梦里，美人鱼，她们被血雨溅染成珊瑚色的身体，穿过船上的甲板，颤抖着奔向了蓝色大海的深处。

这位天真的评论员补充了一些他的叙述，我一字不漏地记了下来，这个故事证明罪恶到了何种程度，会让人类对美人鱼这个恶魔般的奇异物种的诱惑毫无抵抗之力。快要完成他的叙述时，小水手开始哭了起来，我们询问原因，他说：

"我此刻伤心流泪，以后会一直如此，因为在回到海里之前，那小的美人鱼曾伤心地看了我一眼，我将为之痛苦一生。"

保罗·阿雷纳
《法国画报》
1901 年 3 月 17 日

参考书目

— Benwell, Gwen, et Waugh Arthur, *Sea Enchantress*, Hutchinson & Co., Londres, 1961.

— Bérard, Victor, *Les Navigations d'Ulysse*, Armand Colin, Paris, 1927—1929.

— Buffière, Félix, *Les Mythes d'Homère et la pensée grecque*, Les Belles Lettres, Paris, 1956.

— Burger, Pierre, et Crémillieux, André, *La Sirène et le chapiteau roman*, Editions du Roure, Neyzac, 1997.

— Carrington, Richard, *Mermaids and Mastodons*, Londres-New York, 1957.

— Consoli Silla, *Le Mythe de la sirène : variantes, fantasmes, sous-jacents et implications psychopathologiques*, thèse, université de Paris VI, 1973.

— Courcelle, Pierre, *L'Interprétation éphémériste des sirènes courtisanes jusqu'au XIIe siècle,* in Gesellschaft. Kultur. Literatur Rezeption und Originalität im Wachsen einer europäischen Literatur und Geistigkeit. Beiträge L. Wallach gewidmet, Hiersemann, Stuttgart, 1975.

— De Donder, Vic (ed.), *Sirènes m'étaient contées*, catalogue de l'exposition, Bruxelles, 1992.

— De Rachewiltz, Siefried, *De sirenibus, an Inquiry into Sirens from Homer to Shakespeare*, thèse, Harvard University, Cambridge, Mass., 1983, Garland Publishing, New York-Londres, 1987.

— Faral, Edmond, *La Queue de poisson des sirènes*, in Romania, 74, 1953.

— Germain, Gabriel, *Essai sur les origines de certains thèmes odysséens et sur la genèse de L'Odyssée*, Presses universitaires de France, Paris, 1954.

— Phillpotts, Beatrice, *Mermaids*, Russell Ash/Windward, Londres, 1980.

— Pollard, John, *Seers, Shrines and Sirens*, George Allen & Unwin Ltd., Londres, 1965.

— Touchefeu-Meynier, Odette, *Thèmes odysséens dans l'art antique*. E. de Boccard, Paris, 1968.

电影目录

— *Miranda* de Ken Annakin, Grande-Bretagne, 1948.

— *Mad about man* de R. Thomas, 1955.

— *La Vénus des mers chaudes* de John Sturgess, Etats-Unis, 1955.

— *The Mermaid* de Kao Li, 1966.

— *Sirène* de Raoul Servais, France, 1968.

— *La Sirène du Mississippi* de François Truffaut, France, 1969.

— *Un amour plein d'arêtes* de J.-L. Philippon, 1982.

— *Splash* de Ron Howard, Etats-Unis, 1984.

— *Les sirènes chantent quand elles le désirent* de J.-J. Letestu, 1987.

— *Splash too* de Ron Howard, Walt Disney, Etats-Unis, 1988.

— *La Petite Sirène, dessin animé* de Walt Disney, Etats-Unis, 1989.

图片目录与出处

卷首

第1页 《三条海妖音乐家》。彼得·勒·皮卡德，1285年的《动物画像集》。巴黎阿森纳博物馆。

第2—3页 《海妖一鸟》。1285年一本《动物画像集》中的插图。法国国家图书馆。

第4—5页 《海妖一鱼》。教士纪尧姆，18

世纪《神圣动物画像》。法国国家图书馆。
第 6—7 页 《哺乳中的海妖》。雅各布·范玛尔兰，18 世纪末期《本质之花》。利佩州立图书馆，代特莫尔德。
第 8—9 页 《三条海妖与一位睡着的水手》。理查德·德·富尼瓦尔，1250 年《爱的动物画像集》。法国国家图书馆。
扉页 海妖，旋转木马场的座椅。1880 年，德国。大众艺术与传统博物馆，巴黎。

第一章

章前页 《海妖》。莱昂·贝利画作。桑德林博物馆，圣奥梅尔。
第 1 页 《荷马的大理石半身像》。公元前 2 世纪。罗浮宫。
第 2 页 喀耳刻。奥诺乔[6]上的雅典风格装饰图案的一部分。公元前 5 世纪。罗浮宫。
第 3 页上 奥德修斯和海妖。红彩陶瓶装饰图案。公元前 490 年。大英博物馆。
第 3 页下 《奥德修斯的船》。3 世纪杜加遗址的罗马镶嵌画。突尼斯巴尔多博物馆。
第 4 页上 海妖。红彩陶瓶装饰图案的一部分。公元前 490 年。大英博物馆。
第 4 页下 海妖。同一红彩陶瓶装饰图案的另一部分。
第 5 页上 《奥德修斯与海妖》。赫伯特·德雷珀画作。福林斯艺术画廊，赫尔。
第 5 页下 奥德修斯和海妖。古希腊陶器装饰图案的一部分。雅典国家博物馆。
第 6—7 页 《观天》。安德烈亚·皮萨诺的浮雕。圆顶教堂博物馆，佛罗伦萨。
第 6 页下 萨比奥内塔的西塞罗大理石半身像。罗马文明博物馆。
第 7 页下 《年轻男子与妓女》。罗马壁画。1 世纪。那不勒斯国家考古博物馆。
第 8 页上 《海妖之岛》。版画。1571 年，《古代神明的图像》。法国国家图书馆。
第 8 页下 《变成海怪的斯库拉（六头女妖）》。版画。法国国家图书馆。
第 9 页 《荷马的地图》。1844 年，《风景秀丽的宇宙》。法国国家图书馆。
第 10 页上 赫拉克勒斯和阿尔戈英雄。古希腊风格双耳爵，公元前 460 年。罗浮宫。
第 10 页下 《海妖与缪斯的战争》。3 世纪石棺浮雕的复刻。《未经出版的古建筑与雕像》。
第 10—11 页 俄耳甫斯演奏里拉竖琴。2 世纪末期的罗马镶嵌画。石雕博物馆，维埃纳。
第 12 页上 赫拉克勒斯和阿尔戈船英雄。古希腊陶罐装饰图案的一部分。塔尔奎尼亚博物馆。
第 12 页下 哈德斯和珀耳塞福涅在冥界。公元前 330 年。古希腊卡诺萨陶罐装饰图案的一部分。
第 13 页 《珀耳塞福涅和赫卡忒》。浅浮雕。公元前 5 世纪。埃莱夫西斯考古博物馆。
第 14 页 海妖。维吉尔《埃涅阿斯的情人》。1517 年。
第 15 页上 《埃涅阿斯与海妖》。同上。
第 15 页下 《海妖》。木刻，维吉尔《农村诗集》。1517 年。
第 16 页上 《遗体与它的两个灵魂："卡"和"巴"》。壁画。埃及。
第 16 页下 半人半鱼形状的陶壶。大希腊艺术，公元前 5 世纪。卡拉布里亚维托博物馆。维博瓦伦蒂亚。
第 17 页上 泽尼亚斯的大理石墓碑。公元前 3 世纪。布鲁塞尔皇家艺术博物馆。
第 17 页下 人鱼状的香水瓶。公元前 525 年。纽卡斯尔大学希腊博物馆。
第 18 页 长翅膀的海妖。铜制双耳尖底瓮装饰图案的一部分。公元前 5 世纪。隆斯勒索涅美术博物馆。
第 18—19 页 奥德修斯与海妖。伊特鲁里亚骨灰坛。佛罗伦萨国立考古博物馆。
第 20—21 页 《船边的海妖》。波努瓦·圣·摩尔，《特洛伊木马的故事》，15 世纪。法国国家图书馆。
第 21 页上 克雷芒·亚历山大的雕刻肖像。

法国国家图书馆的图片收藏部。

第二章

第 22 页　海妖。约翰内斯·德·古巴的《健康花园》，1501 年左右。奇维达莱考古博物馆。

第 23 页　奇维达莱大教堂的海妖浮雕。8 世纪。奇维达莱考古博物馆。

第 24 页上　《带翅膀的海妖》。理查德·德·富尼瓦尔的《爱的动物画像集》，1250 年。法国国家图书馆。

第 24 页中　《吸引水手们的海妖》。理查德·德·富尼瓦尔的《爱的动物画像集》，1250 年。法国国家图书馆。

第 24—25 页　三条海妖一鸟。10 世纪《博物学者》。布鲁塞尔阿尔伯特皇家图书馆。

第 26—27 页　神话动物与蛇的版画。康拉德·凡·梅根伯格 1478 年的《自然之书》。

第 28 页上　《诺亚方舟》。1483 年的纽伦堡圣经浮雕。伦敦维多利亚和阿尔伯特博物馆。

第 28 页下　《手捧鱼的海妖》。《动物画像集》中的插图。大英图书馆。

第 29 页上　动物画像集《本质之花》中的一页。雅各布·范玛尔兰，18 世纪末期。利佩州立图书馆，代特莫尔德。

第 29 页中　《海妖》。动物画像集《本质之花》中的插图。雅各布·范玛尔兰，18 世纪末期。利佩州立图书馆，代特莫尔德。

第 30 页上　维纳斯诞生，由海中仙子和半人半鱼的海神托起。6 世纪的科普特布料。罗浮宫。

第 30 页下　海中仙女。金制盒子的盖子图案。意大利塔兰利考古博物馆。

第 31 页上　人一鱼。公元前 8 世纪亚述浅浮雕的一部分。科尔沙巴德的萨尔贡王宫。

第 31 页下　《圣母马利亚驱赶一条海妖》。8 世纪下半叶基督教最早的仪式祷告书。法国国家图书馆。

第 32 页　《斯库拉》(六头女妖)。公元前 5 世纪的陶瓦浅浮雕。大英博物馆。

第 33 页上　《海妖》。3 世纪《凯兰书卷》中的插图。都柏林圣三一学院。

第 33 页下　《圣高隆邦的肖像》。8 世纪的雕刻。巴黎装饰艺术博物馆。

第 34 页上　《长翅膀的鱼尾海妖》。剑桥拉丁文手稿的插图。剑桥大学图书馆。

第 34—35 页　拖着水手下水的海妖们。《女王的诗篇》。大英图书馆。

第 35 页上　《鱼群中的海妖》。法国北部 8 世纪动物画像集。

第 36—37 页　《拖着水手下水的海妖与海兽半人马》。法语手稿《克雷索托姆格言》插图。大英博物馆。

第 38 页上　《海妖》。爱尔兰克朗佛特大教堂的浅浮雕。

第 38 页下　柱头装饰上的海妖。圣欧拉莉修道院。

第 39 页左上　海妖一鸟。圣卢得瑞教堂柱头装饰的一部分。

第 39 页右上　画有圣帕特里克与圣高隆邦的凯尔特十字。爱尔兰凯尔斯。

第 39 页下　海妖。12—13 世纪柱头。西西里岛蒙特利尔大教堂。

第 40 页　海妖。1520 年左右英国人巴塞洛米《事物的特征之书》。个人收藏。

第 41 页上　海妖。罗马式灯托。绍维尼教堂。

第 41 页下　《吹号的海妖》。教士尧姆，18 世纪《神圣动物画像》。法国国家图书馆。

第 42 页下　圣布伦丹与戴着皇冠的美人鱼。《德国帕拉丁药典 60》。海德堡大学图书馆。

第 42—43 页　《梳头发的海妖》。1500 年左右，拉比教堂的壁画。哥本哈根国家博物馆。

第 43 页右　《但丁的梦》。14 世纪威尼斯的《但丁地狱》手稿。威尼斯马尔恰纳图书馆。

第 44—45 页　《巴比伦花魁图》。纺织制品《启示录》的一部分。昂热城堡。

第三章

第 46 页　《海牛》。照片。

第 47 页　《海妖》。诸圣瞻先生 1756 年《物理与自然历史的周期性观察》。

第 48 页　《海牛》。诸圣瞻先生 1756 年《物理与自然历史的周期性观察》。

第 49 页上　《海怪》。让－巴蒂斯特·罗比内 1768 年在阿姆斯特丹发表的《关于生命形式的自然分级的哲学思考》(简称《哲学思考》)。法国国家图书馆。

第 49 页下　赛利安的母儒艮。1861 年。艾默生·坦南《赛利安的自然发展历史》。法国国家图书馆。

第 50—51 页　捣衣杵上的海妖雕像。莫斯科民俗艺术博物馆。

第 50 页中　有海妖的动物图像集。1528 年。乔瓦尼·安东尼奥·塔利恩特的《诺瓦歌剧院》。法国国家图书馆。

第 50 页下　阿苏尔庙的池塘壁画。公元前 704—前 681 年，辛那赫里布统治时期。柏林佩加蒙博物馆。

第 51 页下　《健康花园》一书的标题页《鱼》。1491 年马延的彩色木版画。

第 52 页　《哥伦布与海妖》。1954 年。《美洲》彩色版画。法兰克福。

第 53 页上　正在哺乳的海妖。1284 年左右，特尼森诗歌的英文袖珍版。大英图书馆。

第 53 页下　《亚历山大观看美人鱼沐浴》。1410 年，设拉子的《伊斯坎德尔的选集》。里斯本的古尔本金安基金会。

第 54 页上　《海妖》。1654 年，托马斯·巴托林的《解剖学史》。法国国家图书馆。

第 54 页下　《帕雷全集》。1585 年。法国国家图书馆。

第 55 页上　乔治·居维叶的肖像画。1798 年，布里 (Van de Bree) 的作品。巴黎自然历史博物馆。

第 55 页下　《海中的主教》。1572 年，约翰·苏利乌斯于安特卫普创作的《所有民族的服装》中的版画。巴黎装饰艺术图书馆。

第 56—57 页　《美洲海牛》。1836 年，弗雷德里克·居维叶的《鲸鱼的自然历史》。法国国家图书馆。

第 56 页下　《海妖》。1754 年，路易斯·勒纳尔在阿姆斯特丹发表的《摩鹿加群岛和极地海岸发现的色彩各异、外观奇特的鱼、鳌虾和螃蟹》。法国国家图书馆。

第 57 页上　1772 年巴黎一条海妖展出的宣传单的一部分。法国国家图书馆。

第 57 页下　向公众展出的人——海妖。1801 年兰森内特的版画《小癞子》。个人收藏。

第 58 页　埃达姆的海妖。1648 年。布鲁塞尔皇家博物馆。

第 59 页　1671 年 5 月 23 日出现在马提尼克海上的"海人"。让－巴蒂斯特·罗比内 1768 年在阿姆斯特丹发表的《哲学思考》。法国国家图书馆。

第 60 页上　澳大利亚与英国报社对于米歇尔·汉密尔顿故事报道的剪报。《每日镜报》，1989 年 3 月 14 日。

第 60 页下　米歇尔·汉密尔顿的照片。马尼拉联合报社。

第 61 页　被渔民打扮成女人的海牛。明信片。也门亚丁。

第 62—63 页　海妖。耶罗尼米斯·博斯画作《人间乐园》中的一部分。马德里普拉多博物馆。

第 64 页上　《月圆的海妖》。保罗·德尔沃的画作。南安普敦城市艺术画廊。

第 64 页下　《大海妖》。保罗·德尔沃的画作。个人收藏。

第 65 页　《海妖与诗人》。古斯塔夫·莫罗的画作。普瓦提埃博物馆。

第 66 页左下　《玛丽·美第奇抵达马赛》。鲁本斯的画作。罗浮宫。

第 66—67 页中　海妖。一艘意大利海船的船头装饰。

第 67 页上　《海女》(局部)。1981 年。爱德华·蒙克的画作。个人收藏。

第 67 页中　日本烟袋坠子上的贝壳海妖。伦敦维多利亚和阿尔伯特博物馆。

让－巴蒂斯特·罗比内 1768 年在阿姆斯特丹发表的《哲学思考》。法国国家图书馆。

第 97 页　乔治·居维叶肖像。1840 年。马德比·米尔贝特与吉罗的绘画，肖莱的雕刻。巴黎。

第 98 页　儒艮。1836 年。《鲸鱼的自然历史》（第四版）。法国国家图书馆。

第 99 页　《罗蕾莱》。19 世纪海因里希·海涅的《歌之卷》。个人收藏。

第 100 页　《水神》。1908 年迪拉克的英文插图。巴黎欢乐时光图书馆。

第 101 页　安徒生像。19 世纪雕刻。法国国家图书馆。

第 102 页　汉斯·克里斯蒂安·安徒生的签名。

第 103 页　《美人鱼》，1904 年皮尔斯肥皂的英文广告。巴黎装饰艺术图书馆。

第 105 页　《美人鱼与水手》。马特·林格 1898 年的插画。巴黎装饰艺术图书馆。

注释

[1] 喀耳刻（英语：Circe）又称瑟茜，她是古希腊神话中住在艾尤岛上的女巫。

[2] 这里的诗人赫拉克利特和我们熟知的希腊哲学家并不是同一个人，仅仅是同名关系，原文中的用词是 "Pseudo–Héraclite"，也就是 "伪赫拉克利特"，为了便于理解，此处译为 "诗人赫拉克利特"。

[3] "sirenum scopuli" 音译为塞壬恼姆·斯科普利，在拉丁语中 sirenum 指人鱼，scopuli 指岩石。

[4] 原文中为 l'oiseau-ba，"oiseau" 为法文中 "鸟" 的意思，"ba" 为古埃及 "灵魂" 的音译。

[5] 文中少女名叫 Liban，中文中没有准确对应的翻译，在古爱尔兰语中 "li" 意为 "美丽的"，"ban" 为 "女性"，此处翻译为美丽少女。

[6] 指古希腊和古罗马的陶酒坛。

图片授权

（页码为原版书页码）

National Museum, Copenhague/Niels Elswing
54-55. Oeffentliche Bibliothek der Universität,
Bâle 38-39. Réunion des Musées nationaux
11, 22h, 42h, 78bg. Roger-Viollet 35, 94h,
114, 115. Royal Academy of Arts, Londres 96.
Scala, Florence 18-19h, 24h. Southampton
City Art Gallery, Civic Centre, Southampton
76h. Stradella/Giancarlo Costa, Milan 78-79m,
Archives Tallandier 81. Tapabor/De Selva 59,
60. Tapabor/Kharbine 91h. Trinity College,
Dublin 45h. Universitäts Bibliothek, Heidelberg
54b. University Library, Cambridge 46h.

致谢

L 'auteur et l 'éditeur tiennent à remercier le
professeur Dr J. D. Janssens, dom Justinus
Desmyter osb., le professeur Dr Herman Verdin
et Pieter Van Dooren.

原版出版信息

DÉCOUVERTES GALLIMARD
COLLECTION CONÇUE PAR Pierre Marchand.
DIRECTION Elisabeth de Farcy.
COORDINATION ÉDITORIALE Anne Lemaire.
GRAPHISME Alain Gouessant.
COORDINATION ICONOGRAPHIQUE Isabelle
de Latour.
SUIVI DE PRODUCTION Fabienne Brifault.
SUIVI DE PARTENARIAT Madeleine Giai-Levra.
RESPONSABLE COMMUNICATION ET
PRESSE Valérie Tolstoï.
PRESSE David Ducreux et Alain Deroudilhe.

LE CHANT DE LA SIRÈNE
ÉDITION Nathalie Reyss.
ICONOGRAPHIE Any-Claude Médioni.
MAQUETTE Catherine Schubert (corpus)
et Dominique Guillaumin (Témoignages et
documents) .
LECTURE-CORRECTION Béatrice Peyret-
Vignals et Jean-Luc Michel.

240. Monstre semblable à une Sirenne pris à la côte de l'
Il étoit long de 39. pouces gros à proportion comme une An...
jours et sept heures. Il poussoit de temps en temps des petits
quoy qu'on luy offrit des petits poissons, des coquillages, des
fut mort quelques excrements semblables à des crottes de ch...

241. Ecrevisse extraordinaire qui étoit longue de 39. pou...
jusques à la queuë. Voyez la Planche XLV. N°. 187.

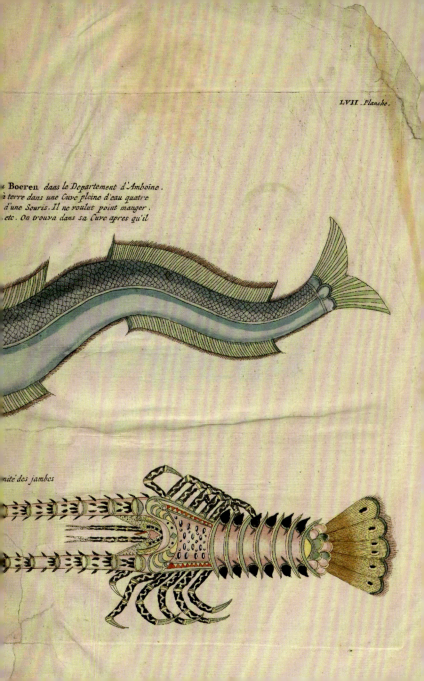

a **Boeren** *dans le Departement d'Amboine .*

à terre dans une Cuve pleine d'eau quatre

d'une Souris. Il ne voulut point manger .

. etc . On trouva dans sa Cure apres qu'il

mité des jambes

图书在版编目（CIP）数据

海妖之歌 / （法）东代（Vic de Donder）著；尹明
明，王鸣凤译. — 北京：北京出版社，2024.3
ISBN 978-7-200-16109-0

Ⅰ. ①海… Ⅱ. ①东… ②尹… ③王… Ⅲ. ①神话—
文学研究—古希腊 Ⅳ. ① I545.077

中国版本图书馆 CIP 数据核字（2021）第 009847 号

策 划 人：王忠波 向 霁 责任编辑：王忠波 高 琪
责任营销：猫 娘 责任印制：陈冬梅
装帧设计：吉 辰

海妖之歌
HAIYAO ZHI GE

[法] 东代 著 尹明明 王鸣凤 译

出 版：北京出版集团
 北 京 出 版 社
地 址：北京北三环中路 6 号 邮编：100120
总 发 行：北京伦洋图书出版有限公司
印 刷：北京华联印刷有限公司
经 销：新华书店
开 本：880 毫米 ×1230 毫米 1/32
印 张：4.25
字 数：139 千字
版 次：2024 年 3 月第 1 版
印 次：2024 年 3 月第 1 次印刷
书 号：ISBN 978-7-200-16109-0
定 价：68.00 元

如有印装质量问题，由本社负责调换
质量监督电话：010-58572393

著作权合同登记号：图字 01-2023-4209

Originally published in France as :

Le chant de la sirène by Vic de Donder

©Editions Gallimard, 1992

Current Chinese translation rights arranged through Divas International, Paris

巴黎迪法国际版权代理